一座湖的前世今生

吴光辉◎著

時代文藝出版社

图书在版编目（CIP）数据

一座湖的前世今生 / 吴光辉著．—长春：时代文艺出版社，2020.7

ISBN 978-7-5387-6193-1

Ⅰ．①一… Ⅱ．①吴… Ⅲ．①随笔－作品集－中国－当代 Ⅳ．①I267.1

中国版本图书馆CIP数据核字（2019）第264382号

出 品 人 陈 琛
产品总监 邓淑杰
选题策划 凌 翔
责任编辑 孟 婧
助理编辑 吕 天
装帧设计 孙 利
排版制作 隋淑凤

一座湖的前世今生
吴光辉 著

出版发行 / 时代文艺出版社
地址 / 长春市福祉大路5788号 龙腾国际大厦A座15层 邮编 / 130118
总编办 / 0431-81629751 发行部 / 0431-81629755 北京开发部 / 010-63108163
官方微博 / weibo.com / tlapress 天猫旗舰店 / sdwycbsgf.tmall.com
印刷 / 三河市万龙印装有限公司
开本 / 640mm × 910mm 1 / 16 字数 / 164千字 印张 / 13.25
版次 / 2020年7月第1版 印次 / 2020年7月第1次印刷 定价 / 32.00元

图书如有印装错误 请寄回印厂调换

目　　录

辑一

辑二

辑三

辑　一

畸形的政治体制孕育了畸形的社会，这正是自古而来皇权意识日积月累的恶果，这种畸形直接导致了大运河的河道不畅。洪泽湖的形成、扩展以及黄河夺淮带来的水患主要都是因为南宋畸形的政治体制。

边　　缘

一

我一直无法理解那个凄风苦雨的夜晚，张衡在西风古道上与那只瘦骨嶙峋的骷髅邂逅的深刻内含。

那是两千一百二十年前的一个下午，张衡这位发明了世界上最早用水力转动的浑天仪、自制了世界上第一架候风地动仪，还设计了飞行数里的飞行器、能够准确定位的指南战车的伟大科学家，在朝廷担任了十四年之久的太史令之后，受宦官排挤而被贬出京城，左迁河间相。

在那个深秋的雨夜，张衡驾着那辆自制的世界上最先进的计里鼓车，朝着河间的方向，顶风冒雨地奔驰在荒无人烟的旷野上，风驰电掣地闯进了扬雄《太玄经》所描述的宇宙天地里。

整个世界混沌不清而四面漆黑，元气合化而狂风呼啸，阴阳精构而秋雨潇潇。突然，一个闪电撕开天宇间的黑幕，紧接着传来一阵来自天庭的震耳欲聋的雷响。也就在这个时候，他好像看见一只骷髅挡住了他的去路，好像听到了一阵传自冥间的凄厉尖叫。他赶紧停止前行，下车将那只骷髅抱上车来，安放在自己的座席上。他要拥紧它，与它彻夜长谈。

他十分悲伤地感到深夜与一个无名死者的相遇，肯定是自己思考生与死时的一种幻觉，肯定是自己对科技与儒道交融时的一种想象，更是自己对人生与仕途理解时的一种虚妄。

那只骷髅五官随着肌肉销蚀殆尽，墓碑已经风化磨灭，记忆变得模糊不清。因而同它交谈时首先就得弄清骷髅生前的身份：你是称誉满身还是臭名昭著。这样就可以知道应该赞颂你还是谴责你。你是壮年夭折还是寿终正寝？这样就可以知道应该怜悯你还是尊敬你。你是学富五车、青云直上还是穷困潦倒、贫寒一生？这样就可以知道应该敬佩你还是不屑一顾你。

当张衡对着骷髅发出一连串的疑问之后，骷髅却反而问他今天怎么沦落到这种地步。原本是张衡同情骷髅的悲惨死去，结果骷髅却反过来询问张衡怎么被皇上贬出京城。死去的骷髅反倒是对生着的张衡同情起来了。因为在骷髅看来，自己完全可以津津乐道于冥府的自由。这时，死者的欢乐溢于言表，而生者却是那么痛苦。

就是这样，张衡的心灵狂奔在阴阳之间，张衡的灵魂叩问在生死之间，张衡的思想也徘徊在科技和儒道之间。

张衡看见那只骷髅满身都是淤泥和白霜，一种悲戚哀伤之情油然而生，也就不由自主地为它祷告起来了。可骷髅却大笑起来说：“死就是休息呀，而且能够避免生的劳苦，你生在世上的功名利禄难道不是轻如鸿毛？我死了就化为尘埃，在宇宙间逍遥自在，以自然为父母，以天地为床褥，以雷电为风扇，以日月为灯烛，已经达到了无情无欲无清无浊的至境，而你这个活着的人反而自以为是，来悲悼我、怜惜我，这不是天大的笑话？！”说完这些狂笑着滚下了他的木车，回到了路边沟塘的淤泥之中。张衡为那骷髅穿上了寿衣，举行了葬礼，焚烧了纸钱，奉上了祭酒，也洒下了两行悲伤的眼泪。他不是跪拜死亡，而是在敬畏生命。

我认为骷髅根本不会在乎张衡究竟是怎样去祭奠它，因为它已经脱离了活人的世界而远去。而张衡却仰望着一团漆黑的宇宙号啕大哭起来，良久，拉长音调念起了他的《髑髅赋》，抑扬顿挫，声情并茂，凄凄惨惨。东汉末年的潇潇秋雨依旧不停地下着，他念完之后又跪拜了天地，然后登上他的木车调转车头，朝河间的方向狂奔而去。

他没有听从骷髅的点化，没有理会兴道逍遥的自由和快乐，犹豫之后还是奔向皇上为他指派的地方。他无法进入道家的境界，还是返回了俗世。

不到三年，他死在尚书的官位上，同时被后人誉为“科圣”。

二

真的有些惊讶这时周围的一切无声无息，惊讶这个圆的世界的无声无息。那是一千五百多年前的一个骄阳似火的中午，太阳滚圆惨白，抬头望去闪烁烁的，有些扎眼。

三十三岁的祖冲之被五花大绑在十多丈高的补阳台上，刽子手举起手中的大刀准备开刀问斩。他却睁开他睿智的双眼四处张望。我推想他这时满眼看到的肯定都是圆圈。在这生死关头，在这位伟大的数学家的眼里，整个世界完全就是一个由圆组成的世界，整个圆的世界都可以用他精心计算出来的圆周率去统领。他就是数学王国里的国王。因此，他死到临头了看上去还是那么平静，好像想从那个滚圆的太阳辐射给大地的光泽里抓住什么。一群鸟类从他头顶上一闪而过，一阵热风从他头顶飞掠而过。他两手空空，什么也没有抓住。他的手被绳索捆绑着。

这真的是一个圆的世界呀。他看到自己所处的这个补阳台，正是一座由几十根圆木支撑起来的一个临时高台，而八十一个童男被关在一个圆形的大木笼里，一双双圆圆的小眼里止发射出幽幽的绝望。男童们等到日全食圆太阳与圆月亮会合重叠时就会被焚烧祭天。他们木然地等待死亡。右边立着的圭表、浑仪、日晷、漏壶、铜盆也全都是圆形的。那补阳台又被放置在一个直径九丈九的阴阳太极图的圆心上。太极图的一边放着一个圆香炉，香雾袅袅，香炉的四周又放着几十支碗口粗细的蜡烛，烛火正旺。补阳台下干柴、芦苇、木枝、枯草边是那九面牛皮大鼓。

粗木、牢笼、铜盆、蜡烛、香炉、牛皮鼓、太极图，一切都是圆的。头顶上的太阳正放射着光芒，炽热的光雾笼罩在他的身上，笼罩在八十一个男童的身上，也笼罩在这圆的世界。

刚才宋孝武帝刘骏宣诏，说这一天将有日食，是天狗吃太阳，要更改年号，还要祭天，要焚烧八十一个男童才能避过这一天难。而祖冲之却根据自己刚刚研究出来的《大明历》来推算，今天绝对没有日食！又说过去历朝历代一直使用的《元嘉历》整整误差了一天时间！朝中的重臣指责祖冲之是妖言惑众，想毁坏江山社稷。宋孝武帝便让祖冲之用自己的性命来赌一把，如果今天没有日食，就放了这八十一个男童，如果有日食就将祖冲之斩首祭日。宋孝武帝是想把男童滚圆的头颅当作佛珠，以此守护他的皇权。

到了下午太阳突然暗淡下来了，值日官呼喊："日食初亏！准备点火！"羽林军手中粗长的松明子呼啦一下子点燃，擂鼓手拼命地擂起了九面大鼓，刽子手高高地举起手中的大刀。

整个祭祀现场突然被巨大的鼓声包围起来，已经沉睡在圆的世界里的祖冲之被鼓声震醒。他抬头朝天空望去，只见一片厚厚的云彩飘了过来，一下子遮住了已经偏西的太阳，被云彩遮住的太阳勾勒出圆圆的一道弧线。这会儿，他又听到从四面八方传来的百姓用铜盆敲打时发出的此起彼伏的声响。他知道这是百姓们想用这敲打声驱逐天狗，不让天狗把太阳吃了。

听着这祭日隆隆的鼓声和宫墙外哐哐的敲盆声，他居然苦笑了起来。笑着笑着他突发奇想，要用自己的圆周率去测量太阳的直径，去测量太阳运行轨道的直径。但想到最后，他知道自己无能为力。他忽然觉得自己真的自不量力了，真的无力回天了。他长长地叹了一口气，紧紧地闭上了双眼。这圆的世界仿佛一下子变形，成了方的。

我想他要是真的死在这圆的世界里，倒也是他的一个最为圆满的归宿。可是历史没有成全他，因为他自己没有成全他自己。那云彩后来被赶走了，太阳露出了它的圆脸。这一天真的没有出现日食。祖冲之步履沉重地走下了高高的补阳台。

天狗没有将太阳吃了，反而将祖冲之的胆量给吃了。从此，他的胆量随着年龄的增长变得越来越小，越来越不敢与封建帝王叫板，他终于明白凭他一己之力根本无法与皇权抗争，他不再是圆的数学王国里的国王，他用了四十年的时间学会了圆的另一门"学问"——圆滑。

他在人生的前三十三年，在世界数学史上第一次将圆周率计算到小数点后七位，这个"祖率"比欧洲提早一千多年；他编制的《大明历》是世界上第一次将"岁差"引进历法，和现代数学计算结果仅仅相差五十秒，使他成为当之无愧的世界IT[①]行业的鼻祖。而他人生的后三十九年，几乎没有多少值得一提的科研成果，他中年以后的主要成绩是一步一步地爬上了四品大员的宝座，而他的《大明历》一直到他死也没有推行。他理应抱恨终身。

他能精确地计算出圆的周率，却怎么也看不透由圆组成的世界，更看不透方圆共存的世界。

三

梦变成一阵沉重的风刮在九百二十年前边关的沙场上，猎猎作响，像刀子那样刺骨锥心。失去亲子的悲痛便在梦里滋滋地疯长。梦将心肺撕裂成无数碎片撒落在儿子的新坟四周。沈括颓然瘫倒在坟边的荒土上，老泪如雨淅淅沥沥地湿润了梦境。

他自然而然地想起了那个注定了他前世今生的梦幻，他认定这个梦幻肯定与眼前的这丘荒坟有着必然的因果关系。这坟里没有儿子的尸骨，只埋了儿子那件常穿的战袍。儿子尸骨难收，已经被叛军烧死在永乐城里。那种撕心裂肺的懊悔又向他袭来。我推想他的肠子肯定都悔青了。可儿子已经死了，再也不可能站在自己的面前了，今后自己只能在梦中与儿子相聚。

永乐城是宋神宗元丰四年宋军统帅徐禧建议在边关之处建造的一座边城。沈括为了逢迎徐禧，明知建城犯了兵家之大忌也极力附和，结果西夏军队倾巢出动将永乐边城团团包围，加上宋军都监叛变，与西夏军队里应外合，永乐边城被攻破，徐禧和数万将士全军覆没，沈括的长子

① IT：信息技术。

沈博毅也被叛军烧死。主将徐禧已死，宋神宗只有拿沈括开刀，将他贬为均州团练副使，连降三级。

将去均州不毛之地流放，临行前夜他来到儿子的新坟前。两行泪水从他那清癯的脸上潸然而下，一行是悲伤，一行是悔恨。我推想面对冷酷的现实，他肯定又想起这些年无数次地梦到的那个注定他前世今生的梦来。可是，今天魂牵边关，梦断楼兰。那缕祭祀的黄烟从苍茫的大漠里升腾而起，惨白滚圆的落日慢慢地坠进了流向远方的长河。一夜的漫天飞沙随风扫过，留下了厚厚的尘土，一夜的孤雁在头顶盘旋留下了沙哑的长鸣，一夜的寒霜无声地撒落留下了一片揪心的惨痛，一夜无边的悲愁使沈括白了中年头。

旭日将黑夜留给了边关的沙场，留给了梦。晨风含露，在一座座刚刚战死的将士们的新坟四周无声地吹拂着，新培的坟土全都湿润了，清冷的空气紧紧地包围着土坟，包围着失去儿子的疼痛。

梦在现实中，现实在梦里。沈括好像刚刚做了一场长达十六年之久的噩梦。这场噩梦自他三十三岁考中进士那天起就开始了，一直到今天自己四十九岁。这十六年里，他为了讨好皇上、巴结上司，先是投靠新派王安石，去告发苏轼，卖友求荣，结果使苏轼锒铛入狱，后来见王安石倒台了，又反戈一击，落井下石，第一个站出来告发王安石，使王安石又身陷囹圄。到头来他聪明反被聪明误，自己只落得个新旧两党都视他为眼中钉肉中刺的下场。他成了过街的老鼠，被贬为宣州知州，后来因为西夏犯境又改任他为延州知州。本以为自己可以重振雄风，结果却落得个支援不力导致宋军大败而再度被贬的下场。

他大梦初醒似的伫立在儿子的土坟前。十六年的科举入仕呀，到头来自己不但断送了前程，又搭上了儿子的一条性命。这一惨痛的代价让他真的无法承受了。我推想他肯定会为自己的品格而自责，他肯定无法原谅他自己的丑恶。

他又一次想起了自己在考中进士的那一天做的梦。梦里他腾飞于山水之巅，看见山坡上繁花似锦，草木昌盛，而山脚的那条环山小溪清澈明亮，简直就是一处世外桃源。他轻盈地飞翔在花山之巅，观赏山涧小溪的潺潺流水，聆听林间百鸟的清脆鸣唱。奇怪的是这个美妙的梦境从此一次又一次地出现在他的梦里。他便认定那是自己的前世了。

现实的残酷噩梦与他幻想中的美梦之间，产生了一种强烈的反差和对比，而他居然能够生活在这两个梦的世界里长达十六年之久。白大是冷酷，夜晚是柔美；白天是险恶，夜晚是曼妙。他在白天与黑夜之间徘徊，白天他完全忘记了原来的自己，他把自己的生命抛弃了，他把自己的生命遗忘在梦境里。从梦中醒来，他面目全非，他忘记了自己原来的模样，忘记了自己原来的本质。

辞别儿子的新坟三年之后，他委托友人用三万钱购得润州一处山水，随友人游览时万分惊讶地发现，这里正是他这十多年在梦中无数次游历过的佳境！他便辞官来此定居，用八年的时间造就了中国科学史上的里程碑。

他终于觉得自己就是一片小小的树叶，在树上虽然存活着却无法自由，只有变成了落叶，才能真正拥有心灵的飞翔，即使是飞向生命的终结。他确实就是一片在梦中飞翔的落叶。

四

整整七百年前，郭守敬回乡祭祖的那一天，他的家乡河北邢台郭村的人把他当作入侵者燃起了狼烟。“宁卖祖田，不忘祖言……”有人用反调二六板的高腔，激越慷慨地唱起了河北梆子，那硬木梆子拍击出的高亢悲壮的节奏，在元朝异族统治下的中原大地上，演绎了一曲大宋遗民怀想故国的燕赵悲歌。

我推想郭守敬在祭祖的时候一定怀着忐忑不安的心情，完全就像是一个犯了错的孩子见到了家长。其实，这一年他已经年过七旬了。望着郭祖大案上刚刚亲手写下的二百多位先祖的名讳，望着祭品桌上的香火缭绕，他便不由自主地将自己坚脆生硬的腰板深深地弯曲下去，让自己五体投地，那双早已昏花的老眼里噙满了两行浑浊的老泪。

祖先牌严肃无语地伫立在他的眼前，那纵横交错的郭族家谱就是千百年来郭家的经络血脉。他离开家乡的时间再长、走得再远、官做得再大，也无法摆脱它们。无形的经络血脉早已渗透进了他身体的每一根血管和每一个细胞。

像这样虔诚的跪拜，他除了对元朝的皇上而外就只有对自己的祖先了。他匍匐于地，想重新找回自己的生命之根。从眼前推衍到三十七代之前的远祖，便是一条无声的河流，祖先们就是这条河流的源头。家族延续的血脉又像一根千年不断的绳，一头拴着祖先，一头拴着自己。他总觉得自己这些年效力元朝在外奔波，这根绳好像就要断了，自己就要成为没有根的浮萍水草，成为无家可归的流浪汉，好像会被一阵风吹走。

天黑透了，纸钱与银锭在大门的两侧燃烧起来，放射出闪烁的光焰，浓烈的青烟腾空而起，在门外漆黑的空气里蔓延开去。“请求门神开恩，祈请祖先回家受祭！”大门敞开着，寒风从门口盘旋而入，将烛火吹得东倒西歪，他推测那肯定是祖先们结伴而来时的喘息。

郭守敬双手捻香点燃，深深地躬下腰肢拜了三拜。我推想此时此刻，他肯定会十分惶惑地自问自责，他的祖先会认同他这样的一个为元朝效力的子孙吗？列祖列宗沉默无语，他无法猜测他们的想法。他转而又想在自己死后，自己的子孙也会像今天自己对待祖先这样，对自己如此虔诚地膜拜吗？他也无法猜测子孙们的想法。屋外的寒风愈刮愈烈，无法将他心头的疑虑吹散。

我推想郭守敬在祖先牌前肯定在敲打着自己的灵魂，拷问着自己的良心。在元朝立足未稳的时候，他就帮忽必烈制定新历法《授时历》，比世界通用的格里历领先了三百年；在忽必烈打败宋朝定都大都时，又帮元太祖设计建造了皇宫都城，其设计水平领先世界五百年；他在晚年还指挥开浚了大运河的终点通惠河，从而保证了南北运输的畅通。通惠河被公认为是世界水利史上的一大创举，加上他首次运用海拔概念、首次制造赤道经纬仪、首次进行纬度测量、首次创立招差法、首次设计制造报时钟，在多个领域领先世界科技水平。他作为一个汉人却用自己掌握的当时世界上最先进的科学技术，帮助元朝战胜了宋朝。他的官职也因此一路攀升。我推想他回首往事时肯定会对自己的所作所为感到迟疑。一方面，他为自己用科技成果造福于民而无愧于列祖列宗，另一方面为元朝效力又使他常常感到惶恐不安，他担心乡亲们不理解，担心祖先们不认同。

祭祖的唢呐意味深长地吹奏起家族蔓延的乐章。祖先的脚步千百年前就遗留在这个小村庄里，那脚印至今还残存着祖先的体温。这里黄土地上的千里热风还绵延着家族的血性，那河北梆子里大慢板的抑郁愁苦和倾怀沉思，便是祖先们性格的尽情流露。

而就在他祭祖的时候，村口升腾起一堆青烟，袅袅而上，很快就笼罩弥漫了全村的上空。那是一家农户把半干不湿的柴草点燃冒出的滚滚浓烟。这就是沤狼烟。紧接着又从村口传来了一阵河北梆子：“宁卖祖田，不忘祖言……”有人放开嗓门，高唱起了反调二六板，又用硬木梆子敲击出高亢、激越、慷慨、悲壮的节奏。

郭守敬知道这是那个老乡在沤狼烟，这是河北一带广为流传的习俗。他听着河北梆子的高腔，看着村头的滚滚浓烟，两行老泪潸然而下。

郭守敬的担心在他死后变成了现实。

他的子孙们没有因为这位祖先所取得的伟大科技成就、疏浚大运河而顶礼膜拜，却因为他投靠元朝而倍感耻辱。他的后代因此不得不隐姓埋名，远走他乡，使得现在的河北省邢台县皇寺镇郭村没有一个郭守敬的后人。

就这样，郭守敬和张衡、祖冲之、沈括，一起演绎了科学被专制扼杀的人生悲剧。

他已梦回大唐

一

在我看来九百年前沿着长江顺流而下的那只白色小舟，完全就是米芾营造的一种梦的意境，它在北宋王朝灰暗的背景衬托下，显现出些许夸张和变形。这时的江水变成寒冷的墨黑色，天空也如同被泼墨渲染般布满阴霾，几只乌鸦像是运动着的黑点，而长江两岸的村庄全都淹没在水墨般的阴雨之中。那只小舟便扯起了白帆在这样的长江黑水之上游走。

那只小舟就是米芾创作的一个梦中形象，全身都是白色，白帆白篷白幡白船身，再加上船篷里挂满了白宣书画。那随着秋风瑟瑟飘飞的白幡上面，还写着五个斗大的狂草：米家书画船。而船舱里端坐着的米芾居然戴了一顶大红高檐帽，穿了一件白色长布袍，像个巫师一般，合掌闭目打禅，全家老小都不敢出声。

我在想，这条墨黑色的长江肯定就是历史，这只惨白色的小舟肯定就是人生，那顶大红朱砂色高檐帽就是性格，围绕船桅四处盘旋墨点似的乌鸦肯定就是谶言了。它们在一起便组合成一个由水墨渲染的梦境。

米芾确是一个作秀高手，在书画创作和政务活动两个方面，同时将显摆夸张到了极致，将宣传放大到了极致，从而成就了米芾在中国文艺史上书画狂人的形象，“米癫”也就成为他的外号而风行于大宋王朝，流传于中华书画史。他就是带着这个外号，乘着那艘白色小舟，戴着那顶大红高檐帽，疯疯癫癫地走向他的生命终点。

变形、扭曲、夸张，成为米芾的癫狂个性，也成为他书法艺术的特征。书法是他作秀的一种形式，书法是他发泄的一种表达，书法也是他癫狂的一种载体。狂放开张的书法特色，是一个时代的艺术表达，更是一个知识分子在倍受压抑之后的一次又一次畅快的情感发泄。

他的书法艺术成就之大，是那个时代的共识，甚至有人认为他的书法名列“宋四家”之首。也正是倚仗着这样的成就，他才有了癫狂的资历。他经常被皇帝请去写字，这又进一步增加了他癫狂的本钱。最后，他甚至发展到了在皇帝面前也无法掩饰癫狂本性的地步。因而，在这个时候有人告他的状，他还能不倒霉吗？

早就耳闻米芾乖张行为的宋徽宗想看个究竟，便藏在帘后看米芾写字时的癫狂举止，米癫也已发现皇上的偷窥，就更加癫狂起来。他头戴红高帽，身系绿袍袖，在桌边跳来跳去，口中念念有词，手中运笔龙飞凤舞，一丁点儿没有收敛的意思，写到了高潮时竟然大呼小叫起来。这宋徽宗好在也是一位书法大家，并未怪罪他，反而哈哈大笑地走出了帘幕，和他探讨起“本朝以书名世者”的书法高下。米癫立马将当时的书法大家全都点评了一通："蔡襄勒字，沈辽排字，黄庭坚描字，苏轼画字。"当皇上又问他米芾的字写得如何时，他说自己是"刷字"，情不自禁地自我表扬起来了。

"刷"字，是指快笔写字，是在勒、排、描、画之上最为恣肆的挥扫，是八面出锋，挥洒自如，行笔如狂，犹如仙游天外。这一个"刷"字道出了米芾书法的癫狂本性来。我们从现存于湖北襄阳米公祠里的米芾书法拓片、碑碣上，还能清晰地看到他当年的癫狂笔意。这些历经十八年刻成的碑刻，虽非米芾的笔墨真迹，却可以清晰地感受到米芾书法"锋出八面""风樯阵马"的无比癫狂。

因为他这无以覆加的癫狂，在五十六岁这一年，他被贬出京城，乘着一只小舟，到边远的淮阳军上任去了。淮阳军在今天的苏北邳州，也就是洪泽湖西北的边远荒蛮之地。大观元年六月，皇上准备提拔重用他，可刚被考察公示，就被人举报，皇上只得将他贬出京城。可叹的是米芾在淮阳军任职半年之后，就病死在工作岗位上。

这时在小舟上，心灰意冷的米芾一杯浊酒狂饮而下，然后飞笔写道：云间铁瓮近青天，缥缈飞楼百尺连。三峡江声流笔底，六朝帆影落樽前。几番画角催红日，无事沧州起白烟。忽忆赏心何处是？春风秋月两茫然。长江三峡的涛声从他的笔下飞泻，杯中六朝的帆影连同血泪一起饮下。此时此刻，他似乎已经预感到苏北就是自己的最后时光。

一笔书写是汗，一句吟诗是泪，一杯饮酒是血。

二

夸张、滑稽、嬉戏。米芾给我们营造出一幅漫画式的历史画面。

公元1103年的宋朝，国人早已习惯了简洁质朴的直领对襟服装。在这色彩暗淡、拘谨保守的背景下，米芾给京城带来了惊艳和狂热。

米芾本身是搞艺术的公众人物，穿着打扮十分另类，平时就喜欢奇装异服，带个尖头红帽，穿个长袖垂地绿袍，看上去就像个漫画式怪物。这一天，他应同事之邀用公家银两吃喝，更是标新立异一番，穿起了一套唐装。全身上下，色彩艳丽，夺目抢眼，在大宋街头灰暗色调的背景衬托之下，显得格外醒目。

他身穿一件粉绿色宽袖长袍，长袍上朱缘领袖，上面还绣着他亲自设计的富贵红牡丹，内穿一条金边黄丝裤，下面是红袜赤屣，脚踏一双绣花高缨鞋，腰间还佩戴一副玉石双佩。当然，还是那顶高帽子最为抢眼，它是米芾将唐代的通天冠改造创新而来。这大红高帽原本就是唐朝文人雅士郊祀、朝贺、宴会时所戴的礼帽。所以，每当重大活动米芾全都会将它戴上。

可是，他今天设计制作的红帽子，上面就像个锥形大烟囱，下部像个圆盘似的帽檐，戴在头上实在是太高了，足足有两尺多高，问题是他无论如何也不能戴着帽子坐进轿子。他又不肯让仆人拿着，生怕仆人弄脏了自己的高帽子，左思右想，最后竟然命令轿夫拆去了轿顶，这才坐进轿子。那又高又尖又红的唐代通天帽从轿顶伸出，在大街上招摇过市。一路上，人们争先恐后去一睹这趣事，路人笑得前俯后仰。行到“大酒店”的门前，正好遇到老友晁以道，晁以道看见成群结队的人便跟随而来看热闹，他忍俊不禁地笑道：“哈！米癫呀，你坐的简直就像监车一般，你就像个示众的囚犯！”

峨冠博带，游走于市，引来无数市人围观，更加激起米芾的表现欲。他越发扬扬得意，口若悬河，滔滔不绝，居然在“大酒店”的门前即兴来了一段“单口相声”。从此，京城市民把米芾当成一个怪物看待，都以为他是个“神经病”。时间久了，汴京城里的男女老少，即使不认识他，也能从衣装上推断他就是米癫。

当然，米癫的红高帽还吸引了大批美女的眼球。我推想米芾曾写过的《满庭芳》，肯定就是借助品茶去记叙自己的艳遇，词中写的“美盼”“娇鬟”就是写一位芳名叫作朝云的美女。估计是她见到风流倜傥的米才子便与其眉目传情。这就引得米癫创作热情高涨，诗兴大作，“娇鬟，宜美盼，双擎翠袖，稳步红莲”，自然是“频相顾，馀欢未尽，欲去且流连”了。

当然，在我看来，米芾穿上唐装艳服，绝不仅仅是一个艺术家标新立异的外在表达，更不仅仅是为了招引美女少妇的青睐目光，而是他面对宋朝软弱无能的国家形象，产生对大唐盛世的一种精神向往，更是一种期望国家强盛的梦想的行为表现。

米芾出生成长在一个充满理想的地方，襄阳的水土培育了米芾的理想主义细胞。然而，他生活的时代让他一次又一次地失望，使他不得不生存于自己的梦想世界里，让自己穿上唐装，一次又一次地感受做大唐子民的强国梦想。

米芾（1051年—1108年），襄阳人，本名黻，后改为芾，字元章，自号“襄阳漫士”“鹿门居士”。他自幼聪慧好学，“六岁，日读律诗百首，过目即成诵”，“十岁，写碑刻……自成一家”。在他所作的《书戒》中，我们得知他少年时代便立下宏图大志，可见故乡襄阳是他确立人生理想的一处乐土。

襄阳因位于襄水之阳而得名。襄阳的历史名人对米芾产生过重大的影响，特别是修身济世平天下的诸葛亮。诸葛亮先就读于襄阳城内的学业堂，后躬耕于襄阳城西的古隆中，并与聚集在襄阳的众多文化精英广泛交游，二十七岁时受刘备“三顾”之请走出襄阳，为光复汉室立下汗马功劳。而隐居在襄阳东南鹿门山的孟浩然，则是用诗歌创造了一个令米芾向往的世外桃源式理想世界。

然而，襄阳给米芾营造的这种理想越是美好，与他十八岁离开襄阳后生活的时代越是产生巨大的反差。作为世界经济文化科技第一强国，却又屡战屡败的宋朝，怪事、奇事、变态之事、不可理喻之事，出人意料地多，让文人带兵打仗、不思收复失地、攘外必先安内、莫须有地冤杀忠臣多如牛毛，以及女人裹小脚、宣扬“三从四德”，所有的这些都顺理成章地在宋朝发生了。在这种情形下，米芾也就没有什么思想顾虑了，放心大胆地做一把时装潮人。

当然，米芾穿上华丽唐装，戴上大红高帽，喜剧般地穿行于北宋王朝，完全是他悲剧情感的一种寄托。

三

“米芾拜石”其实是在煞有介事的癫狂表象之下，不与世俗为伍、纯真自由天性的一种自然流露。根据宋人蔡绦《铁围山丛谈》记叙，年轻时的米芾在新婚之夜，见到新娘子李氏的嫁妆中竟然有一件传家之宝“灵璧研山”，便喜出望外，疯癫之情又上来了，立马摘去红高帽，对着研山石纳头叩拜起来。

这块砚台如同一座奇山，有“华盖峰、月严、方坛、翠峦、石洞”，使米芾觉得自己在前世就曾“神游于其间”，而此研石又“龙池遇天欲雨则津润，滴水小许在池内经旬不竭”。米芾一见便爱不释手，忙问新娘子何得此宝，李氏便将自己是李煜后世之事告诉了米芾，又说这块研石正是李煜曾用之物。米芾一听更是惊喜，顿觉这块研石肯定就是李后主笔下一江春水般多情的美人。他断言这块美丽多情的研山石就是自己的前世情人了，便将美石揽在怀中，嘴里念念有词，像是与这位玉石美女在互诉衷肠，一直欣赏到了深夜，最后抱着这块砚石晃然入眠，一觉就睡了三天三夜，居然把新婚妻子丢在一边不闻不顾。

后来，晚年的米芾途经镇江甘露寺时，看到临江有一座高官用贪污受贿的赃款购下的豪华别墅极为喜欢，便在此住下，而那块“灵璧研山”也深受这座豪宅主人的喜爱。高官宅主又托人撮合，在米芾酒后用“灵璧研山”换了这座豪宅。米芾醒酒之后，交易已成定局，便万分悔恨起来。特别是他搬进这座豪宅之后，常思他的“灵璧研山”，竟然到了饭不吃、茶不思的地步，思念到了月夜，更是泪流满面。“研山不复见，吟诗徒叹息。惟有玉蟾蜍，向余频泪滴。”他由此抱恨终生。也正是他思念这位“玉石美人”心切，米芾的著名书法代表作《研山铭》才因此一挥而就，并且流芳千古。

“五色水，浮昆仑，潭在顶，出黑云，挂龙怪，烁电痕，下震霆，泽厚坤，极变化，阖道门。”这幅《研山铭》用南唐澄心堂纸书写的行书大字，正是米芾对那块研山石的情感追念。今天，我们在北京故宫博物院里看到这幅书作时，还能清晰地体会到，米芾痛失美石之后的那种悔恨交加，他将一块石头描写得如此沉顿雄壮、跌宕多姿，确如苏东坡痛失爱妻时“十年生死两茫茫，不思量，自难忘”一般肝肠寸断了。

米芾和石头相知、相爱、相伴，他对奇石的鉴赏与理解，绝不是停留在表面层次上，而是有许多与众不同的感悟。他在《书异石帖》里，总结出了相石四字法则，认为“瘦、秀、皱、透”是石头的选美标准；还认为万物有灵，石头也不例外。所以，他常以石寄情，以石励志。他甚至把自己喜欢的石头分出雌雄，放在玲珑剔透的水缸里供养起来，认定这石男石女放在一起，肯定会生出漂亮无比的石子石孙来。

当然，我觉得米芾之所以爱石如命，其根本原因还是他的纯真天性使然。个性张扬，崇尚天真，是米芾“自我”意识的一种表现，与朝廷通行的低调、谦逊之风恰好相反。因此，他因生性率真、行为乖张、言行举止有异常人，得了一个“米癫”的外号也就不足为奇了。说到底，“米芾拜石”这样癫狂的作秀，其本质一半是对世俗的抗争，一半是想引起世俗的关注。

正是这种癫狂造就了一个新锐艺术家米芾，而不是一个平庸官员米芾；也正是米芾的这种崇尚纯真的天性，促使他天真自然之书风的形成。他在诗中写道：意足我自足，放笔一戏空。这句诗表达了米芾在书法创作时任感情流淌、丝毫不受世俗束缚的心态。正因为如此，才导致他在书画方面取得的巨大成就，使之与蔡襄、苏轼、黄庭坚合称为“宋四家”。

米芾的崇尚纯真成就了他的书法，却影响了他的仕途。米芾做官时，听说城边河中有一块怪石，当地人们迷信地认为是神仙之石，不能轻举妄动，生怕招来不测之祸。可米芾哪里管得了这些，命部下将怪石从水中打捞上岸，然后又沐浴更衣，戴上高帽，出门恭迎。怪石移至政府大院内，又抬上方桌，摆好供品，燃起香火。他躬身下拜，口中念念有词：“兄长呀，兄长，您好吗？我想见您已经整整二十年了！”其激动之意，兴奋之情，溢于言表。

上次是得到一块研石，他视如前世情人；此次是得到一块怪石，他视如今世兄长。就这样，米芾拜石之事被传了出去，有人说他有失官府体面，米芾因此被人多次弹劾，给他招来一场不大不小的灾祸，最终他就是因为癫狂而被人举报，被贬到苏北地区并且客死他乡。

四

如果说米芾五十七年的癫狂人生是大宋王朝的一个象征，那么米芾的洁癖就是那个时代一个含义深远的寓言了。

宋徽宗崇宁二年，皇家宗庙的春秋祭祀大典开幕式开始了。祭坛上高悬起皇家宗祠专用的横批对联，供桌边围上龙凤绣裙，所有祭品也都安放妥当，全猪全羊上架，糖果馔盒、饭羹茶酒等各种祭品全部置于供桌之上。前来出席祭祀大典的皇上皇后、皇亲贵族、满朝文武，全都衣冠整齐、恭恭敬敬地跪倒在地。总司仪宣布开幕式启动，随即鼓乐喧天，唢呐高奏，鞭炮齐鸣，震天撼地，呈现出一派热火朝天的动人景象。

也就在主祭宣布开始祭拜的时候，有几个同事向领导打了个小报告，说米芾出席这样神圣的开幕式居然衣冠不整，这是犯了大不敬之罪。皇上听说后抬眼望去，站在大臣队伍里的米芾果然穿了一身旧白长袍，居然还戴着那顶大红高帽，在一片灰暗色的大臣队伍里显得十分刺眼，立马气得胡子翘得老高。

原来这一年，五十三岁的米芾被招进京任太常博士，就任皇家春秋祭祀大典筹委会成员。主祭者都有统一的礼服，米芾不穿不行，但他又嫌前任穿过太脏，就将礼服拼命地洗，结果将衣服上的花纹洗掉了，变得又白又旧，因而受到了同事们的联名举报。最后，米芾因此受到撤职查办的行政处分，被赶出了朝廷。

米芾确实有着异乎寻常的洁癖，他一天要洗手数次，但又从来不用脸盆，而是特意制作了一把银制的长嘴水壶，让人站在高处往下倒水，自己就着水流洗手。洗好后，也不用毛巾擦拭，嫌毛巾不干净，干脆用两手互相拍打，一直到手干了为止。不仅如此，米芾的洁癖表现到了极致，朝靴被别人碰了一下便觉得十分恶心，就一遍又一遍地清洗，直到洗破了不能再穿；平时对室内进行反复打扫，器皿反复擦洗，客人坐过的凳子更是要用水反复冲洗。甚而至于在选女婿时，竟然首先考虑的因素也是清洁卫生，因为有个候选人的名字叫“去尘”，他便一眼看中将宝贝闺女许配给了他。

我觉得米芾的洁癖是他在故意给自己创造一种清洁如玉的公众形象，与当时一些大臣的贪污腐败正好形成一种强烈的对比，而米芾肯定是在有意识地夸大这种对比。我甚至可以说米芾的洁癖，其实就是对腐败的一种刻意反叛，简直就是清正廉洁的一种象征。米芾曾在苏北洪泽湖边的涟水县任职，离任告别涟水时，行至半道又转了回来，在众人诧异的目光中，他从囊中掏出一捆笔来，一一在池中洗净，并且对大家说：“为官当思地方，笔中之墨乃涟水之物，我不能带走涟水的一草一木。”很明显他的行为已经不仅仅是洁癖了，而是想为自己留下一世清名。因此，后人有诗赞道：“一泓池水耀清光，犹是南宫德泽长，墨沉浮香传胜迹，人人争说米襄阳。”米芾曾经多次表现出他为民请命、清正廉洁的品质。

米芾生活的时代，正是北宋后期，社会变革激烈。王安石变法后，元祐党祸，权臣倾轧，尔虞我诈，官场一片黑暗肮脏。米芾这种癫狂、扭曲的洁癖，正是在这样的畸形官场和变态时代里孕育而生的。这样的官场自然容不得米芾的“洁癖”，米芾因此一生仕途不顺，担任了一些没有实权的虚职。

这一次，米芾被逐出京都之后，举家迁居镇江丹徒，又于徽宗大观元年赴苏北“知淮阳军”，派到大运河边的贫困地区工作，来了个明升暗降，米芾受此接二连三的打击之后就病倒了。

西风萧瑟，夕阳西下。病病歪歪的米芾乘着一艘小船，带上他的那顶大红高帽，载着他珍爱一生的书画玉石，朝着他的人生终点飘然而去。

五

在九百年前大宋王朝的灰暗色背景之上，永远凸现着一个绝世无双的白色灵堂。因为这个告别生死的场所，正是米芾别出心裁亲自为自己精心布置的。这是宋大观二年初春，米芾五十七年的癫狂人生终于走到了尽头。

米芾觉得自己很快就要梦回他的大唐盛世了。因此，他精心为自己设计了一个灵堂。他将整个后院披上一层白纱，院墙挂上白幛，庭树高悬白幡，院内撒满白花。而设在后院主屋里的灵堂，更是设计成一个洁白的世界。主屋的后墙上高悬的一个斗大的“灵”字，那是米芾的手书。上面又挂了一块写有“陟岵兴悲”的榜书横匾，两旁则悬着一副由长子米友仁书写的灵堂挽联，灵堂里还安放了一张供桌，供奉着供果、供菜、供酒，两旁点燃两支香烛，前面摆着一只燃烧着的香炉。主屋正中摆放着米芾亲自订购的一口黑漆楠木棺材，棺前摆放着几只白布拜垫。一位古筝名师正弹奏着悠扬古远的《高山流水》。

去世一个月之前，米芾就已经预感自己大限将至，便开始正式入住这口楠木棺材。在这口棺材里，提前适应新的生活环境，签署公事，坐卧饮食，皆在其中，每天早晨戴上大红高帽让子孙们前来一一跪拜，上午分别致信与亲友一一作别，下午则逐一焚烧平生收藏的字画奇珍。

米芾有五个子女，二儿子二十岁就死去，“老来又失第三子”。这时，他躺在棺材里，听着长子米友仁、两个女儿，以及孙子、外孙们前来跪拜哭泣，自然想起了早已死去的二儿子和刚死不久的三儿子，心间居然产生一阵喜悦，觉得自己马上就要到极乐世界和那两个心爱的儿子见面团聚了。想到此，他从棺材里爬起身来，戴上那顶大红高帽，对着跪在棺前的子孙们，摇头晃脑地说出一句话来：“众香国中来，众香国中去。”说完便命人端来早餐，坐在棺材里吃了起来。

米芾少年时代就拜师学禅，在临终时终于大彻大悟，居然丝毫没有悲伤怕死之意。其实，米芾曾怀报国济民的理想，但终因政府内党争不断，官场上无比险恶，他变得“举止颉颃，不能与世俯仰”，也就“仕数困踬”了。米芾大半生都在七八品的职位上徘徊，抑郁不得志，直到晚年才对人生有了觉悟。他在《画史》中说过“功名皆一戏，未觉负平生”，表明他开始确立了以禅悟道、以禅悦心的人生观。

尽管“众香国中来，众香国中去”，可是在临死之前，他还是想起了自己遥远的故乡襄阳，想起自己埋在天边的祖先们，想起自己将要客死他乡，也就不禁潸然喟叹起来。他躺在棺材里，肯定想起了始建于汉朝巍峨矗立的襄阳古城，想起了王粲的仲宣楼和萧统的昭明台，想起了真武山的摩崖铭，想起了岘首山上的杜甫衣冠冢，想起了孟浩然隐居的鹿门山，想起了建于唐代的广德寺和多宝佛塔，也想起了诸葛亮躬耕古隆中，更想起了自己曾经生活了十八年的故居的一草一木、一砖一瓦。想到此，他居然长叹起来，两眼直勾勾地望着棺材板，半天没有说出一句话。

米芾在去世前七天，就开始斋戒、沐浴、更衣、熏香。临死当天，他又命人请来了所有的同僚亲朋，自己戴上大红高帽，穿上艳丽唐装，端坐在棺材里，高举拂尘，对着众人念了一首《临化偈》：“众香国中来，众香国中去。人欲识去来，去来事如许。天下老和尚，错入轮回路。”念完扔掉拂尘，合掌闭目。家人见他不再言语，便上前试探，口鼻已无呼吸，居然已死，想必是回他的大唐盛世去了。

米芾就是这样给自己不同凡响的一生画上了一个异想天开的句号。

他生平收藏的字画在棺前焚烧着，散发着袅袅青烟，古筝独奏的《高山流水》还在如泣如诉地弹奏着天籁之音。

自设灵堂、戴高帽、穿唐装、焚书画、念禅语、别亲朋，绝不是简单的作秀，这恰恰表现了米芾对这个世界的最后抗争。癫狂的米芾肯定是社会的压抑、皇权的变态、官场的扭曲共同孕育出来的一个畸形人物。米芾的癫狂就是那个社会的一个象征，也是那个时代的一个寓言，更是那个王朝的一个预言。

他死了，带走了整个北宋，那个畸形的王朝二十年后便宣告灭亡。

他死了，他已经梦回大唐。

破碎在宋词里的河山

一

苍茫悲情的狼烟伴随着1128年失语的寒风，沉默着游荡在中原故国的上空，像一个个“驾长车，踏破贺兰山缺”的幻想被撕成的碎片，无奈地飘，凝重地飞，悲催地升腾。一场昭示国破家亡的大雪越过昏睡的天空，无休无止地抖落着绝望。倏忽之间，嘶喊着的洪水像是从地球的体内奔涌而出，排山倒海，很快就将所有的生灵吞噬，一如开凌破竹。眼前的这座开封古城就变成了一座死亡的孤岛，由此宋词里的孤城情结也就突显而出。

昏暗色天空，青黑色狼烟，惨白色飞雪，浑黄色洪水，复合成苍茫、悲怆、荒远的宋词节奏。开封那座孤城像是一头被抹了脖子的动物，匍匐在这种节奏里做垂死的挣扎。

一只悲鸣不已的断鸿盘旋在大宋王朝的头顶，盘旋在开封古城死亡的气息里。断鸿在灰暗色天幕间就是一个运动着的黑点，它在“八千里路云和月”的天空嘶哑地长鸣。目睹这孤鸿的绝望，大宋词人叶梦得老泪纵横地吟出“送孤鸿，目断千山阻”，辛弃疾挠着花白的胡须悲愤欲绝地呻吟“望昭阳宫殿孤鸿鸣，弦解语，恨难说”，然后又捶胸顿足地感叹，“落日楼头，断鸿声里，江南游子。把吴钩看了，阑干拍遍，无人会，登临意”！多愁善感的柳永也与他们一起落下忧郁的泪水，“凝泪眼，杳杳神京路，断鸿声远长天暮”。孤鸿声将词人的心撕碎，孤鸿将它一连串的绝望向着宋词的语境弥漫，也向着大宋破碎的山河弥漫。

目送着孤鸿远去的黑点，开封守备司令杜充，在一阵急促铿锵如暴风骤雨的锣鼓声中粉墨登场，并且让舞台的灯光全都聚焦于他那奸相十足的花脸。十番锣鼓，一番走场，他就在这样的场景里将石头上自己的脚印，无法逃避地刻入罪孽的记忆。

二

狼烟重峦叠嶂，笼罩着孤城末日的时光，也笼罩着宋词里的意境。

开封府衙门前的校场上人头攒动，广场正中已垒成一座几丈高的天台，青灰色狼烟便在高台的四周缭绕不散。高台四面旌旗招展，居中的是一杆大旗，旗上绘着算命的图案，几十位素衣挽发的老者双目紧闭，正在装模作样地作法。远处的狼烟一阵阵飘飞而来，又从天台上空飘飞而去。狼烟在为这座孤城作悲情的抚慰。

今天杜充的这身祭服穿戴得十分严整，他那肥胖的身躯被织有鸟兽锦纹的紫色祭服包裹得严严实实，内着白色罗中单，外束大带和绯色蔽膝，身挂锦绶、玉佩、玉钏，脚穿一双白绫袜、黑皮履。此刻，他正气喘吁吁地一级一级爬向台顶，他那满是横肉的肥脸上显现出一副十分虔诚的表情。

这些日子狼烟四起，金兵东路军的二十万大军统帅完颜宗望的铁蹄已经攻占山东、淮北的所有城池，眼下正直逼东京开封，开封的最后一道防线相州昨夜也告陷落，守城官赵不试三次派人求援，杜充竟一兵不发，最后赵不试被迫自杀殉城，眼下金兵正长驱直入向开封杀来。面对如此绝境，杜充的生死抉择就是登高占卜。

随着一阵悠扬凄婉的唢呐声响起，立于天台之上的老者挥动着手中的青龙宝剑，一道耀眼的火光便从老道的口中喷吐而出，前面的铜盆蹿出一道火龙，天台上下响起众徒弟的念咒之声。杜充扑通一声跪倒在地，向着苍天叩拜，请求上天保佑。三双筷子插在一只煮熟了的猪头上面，猪头前面有一炷香、两根烛、三杯酒。杜充平日里最爱吃猪头肉，只是眼下不敢造次，那是供给上天享用的祭品。

老者一阵作法之后，俨然已经就是大仙在世了，指挥大宋朝廷的命官杜充在竹筒里抽签，随即就是一阵震耳欲聋的鞭炮响起，老者又将事先备好的纸钱向空中抛洒开去，黄白色纸钱纷纷扬扬地在半空飘飞，和着狼烟一起乱舞。杜充早已三净其手，跪着挪到桌前，两手从竹筒里抽出一支签来，只见上面写了一句偈语，最后四个字是“以水克金”。杜充一见这四个黑字，肥脸上居然堆满了蓄谋已久的笑意，连连叩谢上天的英明神算。

就这样，抵抗外族入侵的重大战略决策即刻产生了；就这样，宋朝军队决定以水代兵掘开黄河大堤；就这样，中华两千年封建史从这一天起开始走向衰败，当然也就是这样的民族悲剧，导致了宋词创作悲情时代的到来。

这个狼烟时代留下的两万首宋词，其实就是中华两千年封建帝国的两万支挽歌，荡气回肠，缠绵悱恻，凄凄惨惨戚戚。

三

宋词里营造出无休无止的夜晚黑暗的意象，正是那个精神残缺时代特征的形象表达。晦涩幽暗和悲愁怨愤的宋词是那个时代民族情感的宣泄，不管是豪放还是婉约，骨子里只有宋代汉民的无限悲怆。

畸形的封建时代造就了性格变态的杜充，性格变态的杜充也就成为那个时代的典型象征。据史料记载，杜充是一个夜盲症患者，对于夜晚天生就万分恐惧，每到夜晚总是噩梦连连，而他对付夜晚恐惧的办法就是残杀，似乎他哪夜不杀人就无法入睡。《宋史》中是这样记载杜充的："喜功名，性残忍好杀，而短于谋略。"而就是这样的人物居然会平步青云，从北宋绍圣年间的一个小小进士，一路飚升到了南宋建炎年间的尚书右仆射同平章事兼江淮宣抚使。由此可见，残缺的大宋王朝就是杜充这个怪胎迅速成长的温床。

宋末词人蒋捷的那首《声声慢》叙写的是靖康初年杜充调到沧州任知州之后，残杀三万百姓的悲愤之情。那个秋夜里的雨声、风声、更声、铃声、角声、马蹄声、笳声、砧声、蛩声和雁声汇集在一起，合奏出一曲国破家亡的哀乐。也就在那天夜里，杜充见到从燕云十六州逃来的三万汉族百姓，便认定这些人都是金兵的内应，不分青红皂白全部杀光；我推想陆游的那首《夜游宫》肯定不只是写自己"睡觉寒灯里，漏声断，月斜窗纸。自许封侯在万里。有谁知，鬓虽残，心未死"的壮志未酬，陆游肯定想到了在那幅用雪、笳、铁骑等意象渲染的有声有色的关塞夜晚的画面里，被杜充斩杀的三员请命驰援的爱国将领。遥想建炎二年，杜充为东京开封府警备代司令，干的第一件坏事就是中止前任的北伐部署。统制薛广一部已奉前任之命去了相州抗金，那时金兵已将相州团团围定。正是在这样的一个夜晚，杜充一连斩杀了三员请求驰援的大将，导致薛广、赵不试战死，固守两年的相州城陷落；他接着就发布了攘外必先安内的命令，残杀十几万北方民间抗金武装游击队将士，致使包括北京大名府在内的大片国土被金军攻占。陆游联想到此肯定满襟清泪，肯定为那些壮志未酬身先死的抗金英雄挥洒热泪。

正是像杜充这样的一大批具有畸形性格的人物，才造成了宋朝河山的破碎，也正是宋朝破碎的山河才使宋词产生了与其他时代明显不同的慷慨悲凉，而宋代几乎所有的词人又都将这种慷慨悲凉寄托于夜晚。李纲就是用秋夜去寄托亡国之恨，呻吟出“缺月如钩，微云半掩，的烁星河碎。”陶明淑也是用夜晚去表达国破家亡的悲哀：“天渐晚，把酒泪先弹。塞北江南千万里，别君容易见君难，何处是长安！”辛弃疾的“醉里挑灯看剑，梦回吹角连营”的昂扬情感只能在夜晚的梦里表达。国破家亡的残缺成为夜晚意象的视角，如晦如磐的夜晚也就成为表达残缺的载体。无数词人，无数词句，句句泣血，“一声声更苦”，抒发的都是“故国不堪回首”的亡国之恨。

四

南宋建炎二年冬天的一个清晨，一柱柱青烟又冲天而起，一处处鞭炮又此起彼落，前线告急的狼烟再次从远方的重山叠岭之间的烽火台上次第燃起。直冲云霄的狼烟成为洁白如银的中原大地上的一曲灰色悲歌。

无险可守的开封已经变成一座孤城，杜充在发布挖掘黄河大堤命令之后，带走了开封留守司的主力部队，将守卫开封的崇高使命交给了副留守郭仲荀，自已逃之夭夭。这个郭仲荀还没等到杜充逃跑多远，又将守城的光荣任务移交给了留守判官程昌寓。当然，这个程昌寓也不是傻瓜，又将这副重担交给了左腿伤残的上官悟，这样开封城里的宋军就只剩下二百多个无法逃跑的伤兵。城里的百姓早已四处逃散，剩下几百个老弱病残。在后来的这段日子里，总数不到一千的残兵弱民只能依靠吃野菜度日。

预示着国破家亡的大雪还在万分沮丧地下着，灰黑色狼烟幽咽着飘荡在开封城的末日里，城头那杆悲壮的宋旗迎着寒风在猎猎作响，反复盘旋在孤城上空的断鸿发出一声声报丧的嘶鸣。金兵围城已是第三天了，先后派来两批使者送来劝降书，都被这位左腿伤残的瘸子留守给断然拒绝了。等到第三次金国使者前来劝降时，上官悟瘸着左腿，拔出长剑将那个金国使者当场斩首，令人将其首级高悬在城门楼的旗杆上。

金军发起了最后的总攻，金人的战鼓擂得震耳欲聋，几万金兵发出一阵阵攻城的嘶喊，箭矢像雨点似的飞向城头，金军的战马战车也万马奔腾直抵城下，一批金兵正在用粗木奋力地撞击着城门。

城墙上的宋军早已弹尽粮绝，所有的老弱病残百姓也爬上了城墙，和士兵们一起搬起了石块砸向正在攻城的金兵，金兵的响箭尖叫着飞射而来，纷纷击中他们的胸膛，他们呼叫着、呻吟着，扑倒下去。上官悟望着城墙上一批又一批战死的士兵和百姓的尸体，又望着仅剩下的两百多个伤痕累累的士兵和百姓，两只老眼充满了仇恨的泪花。

城已破，泪如涌，心将死。身负重伤、浑身是血的上官悟挥动着长剑，瘸着腿爬到了高处，对着两百多个残兵弱民，老泪纵横地使尽全身的力气呼喊起来。他这时肯定是高喊着“此地暂胡马，终身只宋民”。他就是这样狂呼着，瘸着腿，纵身从城头上跳进了护城河。这时的上官悟自然不会知道，自己死后会被南宋朝廷指责为守城不力，背上失城误国的骂名；当然也不会知道带头逃跑的杜充会连升三级，成为宋高宗的宠臣心腹。

两百多个残兵弱民也跟随着上官悟一起高呼着“终身只宋民”，纷纷跳城自尽。两百多个人如同两百多片落叶，从高高的城头纷纷扬扬地飘落而下，一个接一个，一排又一排，无一犹豫，无一生还。他们有的坠落到河里淹死之后漂浮在水面上，有的坠落在城脚下血溅城墙。天上飘下的白雪落进河里被染成了红雪，城脚洁白的雪地溅开了无数朵鲜红的花。

血肉横飞，尸骨遍野，开封城变成了一座孤岛，漂浮在死亡气息里。

五

大地失去了耐心，时间失去了知觉。

伴随一阵从城外传来的巨大轰鸣声，排山倒海的洪峰奔涌而来，顷刻之间就冲到了城下，原本攻城的金军掉头逃窜，来不及逃跑的被洪水全部吞没，霎时间城内城外变成了一片汪洋。

开封城变成了一座水城，最后只剩下城头露在水面上，水上漂浮着无数人和牲畜的尸体。“是冬，杜充决黄河，自泗入淮，以阻金兵。”“决口以下，河水东流，经今滑县南、濮阳、东明之间，再东经鄄城、巨野、嘉祥、金乡一带汇入泗水，经泗水南流，夺淮河注入黄海，使今河南、山东、安徽、江苏一带的百姓至少淹死二十万以上，因流离失所和瘟疫而造成的死亡数倍于此，北宋时最为富饶繁华的两淮地区毁于一旦。”也就是因为这次黄河南泛入淮，在淮河下游积潴而成了浩瀚数百里的洪泽湖，运河便从此运输不畅，屡屡决堤成灾。

我推想岳飞肯定是得知开封失守之后，才写下那首荡气回肠的《满江红》，悲愤填膺地高呼："靖康耻，犹未雪。臣子恨，何时灭！"看着陷落的开封城发誓："待从头，收拾旧山河，朝天阙。"后来的陆游读了南宋初年的这段伤心史，再看看此后几十年也没能收复中原，这才满腔悲愤地写下"王师北定中原日，家祭无忘告乃翁"的绝笔诗。一曲曲燕赵悲歌，如泣如诉，荡气回肠。

那只悲鸣不已的断鸿，仍然盘旋在开封古城死亡的气息里，盘旋在中原故国一片汪洋的宋词意境中。

宣纸上的繁华

一

具有象征意义的雾紧紧地包裹着沉默寡言的古城，从九百年前刮来的风在现实的空间里游走，迷茫而诡秘。这让我踏入这座古老的城池时，心底不由自主地产生一股莫名的忧虑。早起的鸟却在忘乎所以地练歌，清脆而响亮；活泼的猫又在尖叫着发出海豚音，歇斯底里。

我是在一个雾气缭绕的清晨，走进开封城北的清明上河园的，很快就觉得自己完全是在亲历大宋繁华背后隐藏的苍凉与无奈了。园门前《清明上河图》上的人物石雕和张择端的汉白玉雕像，便是被雾气的深邃和迷蒙浸泡着，所有用石料雕成的人头全都拉长了脖子，伸出了雾的海面，呈现出凄怆而悲凉的期待。

我跟随两个中年脚夫和五匹驮炭的毛驴，沿着《清明上河图》描绘的那条郊外通京大道，朝着古城缓缓而行。沉重的木炭已将驴的腰压弯，爱发脾气的驴全都把脸拉长，戴毡帽的脚夫用手抚慰着一头驴的瘦臀。我忽而发现张择端在艺术表现力上有别人无与伦比之处。他不是描绘宋朝都市经济的繁华，而是表现出宋朝社会的畸形发达。因为他给汴京所做的“人工降雾”确是高妙深邃，那层用淡墨铺陈的雾气渲染着汴京城，给画面上的四百多个人物的心头涂上了一层阴影，也给汴京的经济繁华涂上了一层阴影，更给大宋王朝的国家命运涂上了一层阴影。

雾中登上上善门俯瞰，《清明上河图》的场景尽收眼底。整个清明上河园完全是克隆《清明上河图》的构图，集中展现了由虹桥至上善门这段九百年前的风物景观。汴河环绕其间，茶坊、酒肆、脚店、肉铺、庙宇、公廨等四百余座宋代建筑鳞次栉比，身着宋服布靴的商贾、士绅、官吏、小贩、眷属、僧人、游客、豪门子弟、残疾老人，各色人等，混杂交汇，穿梭来往。我走在横跨这条古运河的拱形虹桥上，木桥便发出咯吱咯吱的叹息，水雾腾腾的河面上几十条运粮的漕船正落帆泊岸。河对岸是一条店铺林立的老街，透过薄雾依稀可见街上卖炊饼的、捏泥人的、糊风筝的，还有耍猴的、斗鸡的、舞狮的、玩把戏的，人头攒动，熙熙攘攘。老街两旁的店铺门前，高悬着五颜六色的店旗，店铺里店小二穿梭来往，吆喝不断。走近店铺方才得知，这吆喝声全都是电喇叭播放的录音，循环往复地制造着九百年前城市的喧闹。

原来这座城市是一件赝品。

在这样躁动不安的气氛里，我一丁点儿看不出九百年前的悲催与纠结。事实上，张择端在他的作品里，给我们描绘了世界第一经济强国的上空飘荡着的那层薄雾，就是想要表达“商女不知亡国恨，隔江犹唱《后庭花》”的忧患意蕴。据北宋《东京梦华录》所言：“凡新坟皆清明拜扫，都城人出郊，纸马铺皆于当街叠成楼阁之状，四野如市。”可见《清明上河图》给我们描述的大宋歌舞升平、繁华富庶，是被张择端别有用心地安排在清明节这个特定的悲凉气氛之中了。在这四野如市、热闹繁华之中，我明显地感受到了一种悲凉与忧伤。

这不仅仅是那群汴京市民的忧伤，也不仅仅是中世纪一座城市的忧伤，而是那个时代整个汉民族的忧伤。

在这个经济繁荣、文化发达却屡战屡败的国度里，柳永“今宵酒醒何处，杨柳岸晓风残月”的自怜自叹，陆游“死去原知万事空，但悲不见九州同”的千古遗言，辛弃疾“舞榭歌台，风流总被雨打风吹去”的悲怆呼喊，李清照“寻寻觅觅，冷冷清清，凄凄惨惨戚戚”的孤苦幽咽，苏东坡“十年生死两茫茫，不思量，自难忘，千里孤坟，无处话凄凉”声泪俱下的哭诉，全都汇聚成大宋王朝备受屈辱、婉约悲凉的时代风骨，也全都是《清明上河图》所描绘的繁华表象下隐含的精神忧患。

二

《清明上河图》里的都市繁华成为宋朝灭亡前，汉民族精神胜利法的一种回光返照。宋朝书画艺术的畸形繁荣，也变成祖国山河破碎时的情感发泄。其实，大宋王朝在绢本上的繁华，只不过是汉民族在精神上的一种高雅自慰。

面对北方金人的不断挑衅，边境报警的狼烟频繁地升腾，整个民族已经到了最危险的时刻，宋徽宗居然能够一心去做文艺潮人，留起了长头发，蓄起了大胡子，穿起了奇装异服，居然能专心致志地创作出《瘦金体千字文》《欲借风霜二诗帖》等一大批作品。宋徽宗居然不是千方百计地提高军队的战斗力，而是想方设法地提升书画家的政治地位，成立中央书画院，将书画作为科举升官考试的科目，从而将中国封建社会的书画艺术推向极致。

文艺中年张择端就是在考取中央书画院之后，创作出传世名作《清明上河图》的。他将这幅传世巨著呈献给宋徽宗，宋徽宗用他的瘦金体亲笔题写了“清明上河图”五个字，并且加盖上了他的双龙小印。我可以断定，宋徽宗在题完字盖完印之后，脸上肯定呈现出极大的精神满足，他肯定认为自己在宣纸上已经战胜了金国。

让人感到极具讽刺意味的是，就在宋徽宗认为是歌颂盛世太平的《清明上河图》大功告成之际，金军兵分四路攻进了北宋的都城汴京，退居二线的太上皇宋徽宗和现职皇帝宋钦宗一起被俘，自此北宋宣告灭亡；更令人哭笑不得的是，金兵攻破汴京之后，将后妃、宗室、官吏数千人，以及教坊乐工、技师、法驾、仪仗、冠服、礼器、天文仪器、珍宝玩物等掳掠一空，宋徽宗似乎毫不吝惜，只是听到皇家书画全部被抢，那幅《清明上河图》也下落不明时，这才满脸泪花、仰天长叹起来。由此可见，宋徽宗对书画的痴迷已经到了无以复加的地步。

无独有偶，宋徽宗的儿子宋高宗赵构子承父业，居然也学着父亲的范儿，不爱江山爱书画。他在金人俘获徽、钦二帝北去之后，于应天府即位，居然拒绝抗金主张，一路南逃至临安（今杭州）定都，居然重用投降派秦桧，以割地、纳贡、称臣等屈辱条件向金人求和，以此换取和平时光，好让自己躲进艺术殿堂，沉湎于书法艺术里。时值壮年的他居然又模仿父亲主动退居二线，当起了太上皇，全身心地投入到书法之中，创作出《翰墨志》《草书洛神赋》等一批传世之作。宋高宗的学书导向带动了朝野上下的书画之风迅速形成，正如《诚斋诗话》所言：“高宗初作黄字，天下翕然学黄，后作米字，天下翕然学米。”在南宋开国年间内忧外患的险恶形势之下，宋高宗居然不去积极抗战，收复失地，却掀起了全国性的书法创作热潮，实属另类皇帝。

南宋建炎初年，张择端也南渡到了杭州，宋高宗欣喜若狂地命张择端重新绘制了一幅《清明上河图》。就这样，宋高宗和他父亲一样从绢本上纸醉金迷的繁华画面里，得到了精神上的满足和情感上的慰藉。

此时，艺术成了逃避，文化成为麻醉。

三

我迎着清晨的薄雾，徘徊在清明上河园的那条老街上，体会着九百年前悲愤肃杀的大宋风情。这时，有一阵吆喝声由远及近，一批身着宋朝衙役服装的男人在鸣锣开道，后面跟着一排手执长矛大刀的兵丁，最后是一顶旌旗簇拥下的八人大轿，我定睛再看居然是皇上驾临。《清明上河图》里本没有皇上的高贵形象，只有一行趾高气扬上坟回城的达官贵人。还没容我细想，只见宋徽宗手挽李师师的玉臂款款地下了轿，然后由李师师率众男女伴随音乐的节奏，跳起了舞。

我顺着老街往历史的深处走，想寻找宋徽宗以权谋色的金环巷，可一直走到底也没能找着，却在路上见到了梁山好汉劫囚车、武松醉杀西门庆。这些节目自然都是《清明上河图》上没有的，只是今人为了留住游客搞的商业看点。不过，我倒觉得这是画龙点睛之笔，可以反映出宋朝社会的深刻矛盾，这恰恰就是《清明上河图》所含蓄表现出的担忧了。事实上，在宋徽宗的手里就把这半壁河山给葬送了，大宋王朝就落得个“元嘉草草，封狼居胥，赢得仓皇北顾”，逃至江南偏安一隅。

宋朝是一个纸醉金迷、畸形发达的朝代，又是一个矛盾重重、让人爱恨交加的朝代。一方面它在战争上屡战屡败，另一方面又在宣纸上造就了世界第一文化强国，培养出许多举世闻名的大文豪。我们至今还可以列举出一大串光耀世界文坛的名字，欧阳修、范仲淹、辛弃疾、王安石、曾巩、苏洵、苏轼、苏辙，等等。他们在宣纸上各领风骚几百年。苏轼门下有“苏门四学士”黄庭坚、张耒、晁补之、秦观，他们在宣纸上写下了一首首流传千古的诗篇。散文“唐宋八大家”里宋朝就占了六位，其中的王安石既是政治家又是文学家；宋朝还涌现出四大书法家苏轼、黄庭坚、米芾、蔡襄，他们在宣纸上创作出任何时代都无法与之比肩的书法华章。除此之外，还有人认为中国古代四大发明中，活字印刷、指南针、火药都出现在宋朝，沈括、毕昇等一大批科学家也竞相在宣纸上写下一批影响世界科学进程的巨著。

宋朝的物质和文化都是在封建历史上空前绝后的，达到了封建时代的巅峰，就连大唐盛世也远远不及。然而，在中国的战争史上却没有比宋朝更窝囊无用、更软弱可欺的朝代了，与金、辽、西夏打仗胜少败多，而又不管胜负都是以割地赔款画句号，甚至连宋朝的皇帝都成了敌人的俘虏，从而将宋朝的悲剧剧情推向高潮。

我认为张择端绝不是一味歌功颂德的御用文人，他简直就是超现实主义的艺术先驱，因为他在《清明上河图》里就已经广泛地运用了象征和暗喻。郊外的驼队、古道、枯柳所表现的寒意、寂静、薄雾与城里的拱桥、街道、城楼所描绘的忙碌、喧嚣、繁荣，交融在一起，形成了正反对比和冷热反差。这种反差正是当时社会畸形发展而形成慷慨悲凉之风的一种象征，暗喻了当时文化繁荣、经济繁华和军事上的软弱无能。否则，那象征清明悼亡的晨雾就不会一直在画面里大宋山河的上空飘拂不散了。

令人唏嘘的是就在《清明上河图》完成的第二年（1127年），金人生俘了文艺皇帝宋徽宗和他的儿子宋钦宗。也就在这一年的4月5日，恰恰也正是清明节这一天，金人将二帝和宗室、亲王、后妃共三千余人押往北方流放。直到这时，宋徽宗是不是在他的艺术宫殿里如梦初醒？是不是已经料到自己在以后的日子里会倍受折磨，受尽凌辱？是不是已经料到自己会被押解的官兵动辄用鞭子抽打，不给饭吃不给水喝，只得趴在路边喝水沟里的污水，甚至经常有士兵在其身上撒尿？是不是已经料到自己很快就变成了头发掉光、耳聋眼花、蓬头垢面的老乞丐，最后被活活地冻死在荒野边地？

难道《清明上河图》在绢本上描绘的大宋繁荣，只能变成大宋王朝的精神陪葬？

四

那是一个举国悲痛的黎明，地点正是《清明上河图》上描绘的汴京郊外，环境居然也是晨雾缭绕、枯柳荒寂，只是没了画中的热闹与祥和，有的只是生死别离，悲痛凄惨。南薰门外，已经降金的宋朝官员战战兢兢地目送着宋徽宗、宋钦宗出城，成千上万夹道送别的百姓哭声震天，身戴重枷的宋徽宗宋钦宗父子俩早已脱下黄龙皇袍，穿上了蓝布囚衣，在早春的寒风里瑟瑟发抖。宋钦宗泪流满面地向他的子民们狂喊："救救我吧！救救我吧！"而作为一代书画宗师的宋徽宗则表情木然，他觉得自己不好意思哭喊，也不敢直视任何一个人，只是羞愧无语，突而一个踉跄跌倒在地。他跌倒在艺术的绝望中。

汴京郊外的雾变得愈来愈浓，愈来愈白。雾是为宋徽宗送行。

随着金人的一阵凶神恶煞般的吆喝，宋徽宗嘶喊着一步一回头地离开了他的国都，他抽泣着一步一回头地离开了他的臣民。

就这样，宋徽宗消失在浓雾里，北宋王朝也随之消失在浓雾里。

直到这时，宋徽宗是不是才弄明白国破家亡的根本缘由是自己重文轻武、重经济轻军队的错误国策？

其实，宋朝文武失调的畸形发展，应追溯到宋太祖赵匡胤。他是陈桥兵变篡位当上皇帝的，临死前立下了“不杀士大夫及上书言事人”的遗训，从而使文化人的地位空前提高，也使全国文化软实力得以飞速发展。而另一方面，他又深知手握兵权的厉害，也就千方百计地削弱将领手中的兵权，“杯酒释兵权”也就成为宋朝历任最高领导的首要任务，也就造成了部队“将不识兵，兵不识将”的局面。这样一来军队虽然不会谋反了，但大大地削弱了战斗力，从而导致宋军与金、辽、西夏的战争屡战屡败。我想这也就是整个《清明上河图》里众人物，五花八门，三教九流，各式人等，应有尽有，可就是没有一个军人形象的政治原因了。

宋朝出台的许多畸形国策，还出于帝王性格的变态。宋徽宗声色犬马、纸醉金迷，追求精神和肉体上的感观享受，也就出现了痴迷书画、沉湎女色、相信迷信等种种不合常理的现象，身为帝王去青楼也就不足为奇了。而他的儿子宋高宗的生理残缺，又导致了他的人格残缺，并且使他在生理上的问题转化为政治上的软弱。他因生理问题而自卑，因自卑而造成心理扭曲，因心理扭曲而耽误了整个南宋政权，最终使他个人的问题变成了整个国家和民族的悲剧。这样才让性格也有问题的杜充去镇守汴京，最后居然挖掘黄河，淹死二十多万百姓，这类事件也就成为那个时代的必然了。从这个意义上说，黄河夺泗入淮，在苏北使洪泽湖扩大成方圆数百里，淹没十数县，几十万百姓无家可归，大运河屡屡断航也就成了历史的必然。

这幅现实中的“黄河泛滥图”与绢本上的《清明上河图》恰好形成了强烈的对比。

五

《清明上河图》为何将遍布于郊外、城门、拱桥、街市的几百个人物，一直延续到“赵太丞家”方才结束？我想张择端表面上是将百姓的健康依赖于“赵太丞家”的药铺，而实质上是暗喻了大宋百姓的命运全都依赖于赵氏皇权。如果真的是这样，这“赵太丞家”便是宋朝皇权的一种象征了。否则，张择端也就不会让赵太丞家作为《清明上河图》的压轴戏了。

《清明上河图》确实将“赵太丞家”描绘成一家非同小可的大户，他家前面有一座高大巍峨的乌头门，这座门只有两根立柱，柱顶上四垛斗拱、一片瓦顶，在整个画面上是行政等级最高的，它就像文庙之类的庙宇前面棂星门的模样，完全是按皇家规制建造的。此外，《清明上河图》上大小酒店、茶馆、店铺里用的全都是长条凳，而赵太丞家的门厅里却放了一把交椅，可见赵太丞家绝不是一般人家的身份地位，肯定是张择端所赋予的一种艺术象征了。

我认为，《清明上河图》表面上将汴京的繁华全都终结于赵太丞家，而实质上是将造成这种畸形繁华的原因归结于赵家王朝。事实正是如此，造成文化繁荣、经济繁华而军事软弱的畸形宋朝，其根本原因正是皇权的变态。

活在洪荒年代的神话里

一

无数只神话里的蝴蝶集会在现实的悲剧里，纷纷扬扬，遮天蔽日，犹如漫天大雪。

这是九百年前在楚州（今江苏淮安里运河边）钵池山上发生的凄美、悲壮的一幕。在那个夏天的傍晚，一位七旬老者孤独地跪坐在土山高台之巅，神色严峻地吹奏着祈祷禹王的长箫。一群身着黑长衫、头戴黑道帽的“大神”，一边跳舞一边敲击着手中的渔鼓。而高台之下洪水滔天，浩浩汤汤，横无际涯。高台四周成千上万只白色蝴蝶在翩跹起舞。随着委婉幽咽的箫声和古朴神秘的鼓声，白色的蝴蝶愈聚愈多，纷纷扬扬，遮天蔽日，犹如漫天大雪。

所有的蝴蝶全都泣不成声，全都飞翔在绝望里。

这是一场奇特悲壮而又凄美宏大的祭祀仪式。这曲被称之为洪泽湖渔鼓的“跳大神”乐舞，是洪荒时代一个民族面临灭顶之灾时，膜拜大禹的虔诚表达。

这场祭祀选择在钵池山的高台上隆重举行，是因为周围已经是一片汪洋。钵池山位于楚州东北之隅，南宋以前“以形似名，冈阜盘旋，凡八九里”。1128年，杜充掘开黄河之后的几年里，夺淮之汹涌洪水将此山冲得仅剩下一座土丘。钵池山原为道教名山，相传周灵王之太子王子乔，在钵池山炼丹得道而飞天成仙。山上这座土台高约数丈，风景幽雅，绿树成荫，是当年周太子吹箫之处。我想，这周太子的吹箫自然不能让千万百姓俯首顶拜，能够使百姓敬仰的还是因为在此曾经建造过的禹王庙。

楚州的百姓惊奇地看到无数白色的蝴蝶，在高台的四周缭绕多日不愿离去，便认为这是大禹在显灵。《山海经》言：“洪水滔天，鲧窃帝之息壤以堙洪水，不待帝命，帝令祝融杀鲧于羽郊。鲧复生禹，帝乃命禹卒布土以定九州。”大禹善于因势利导治理洪水，制服洪灾。试想如果没有大禹“布土以定九州”之功绩，我们的祖先肯定还生活在水深火热之中吧？所以，对禹王的精神崇拜成为国人的一致选择。据《夏禹文化与中国禹庙》所言：“禹庙兴起于秦汉，盛行于唐宋，遍立于明清。”有学者在介绍南宋楚州兴建禹王庙时，还专门记载了有关蝴蝶雪的盛况，并且说出现这种奇观的原因成了千古之谜。

1128年的那场洪灾突然降临时，钵池山的四周聚集了无数飞舞的蝴蝶。蝴蝶雪弥漫在整个土山高台，几乎把整个天地变成了白色的世界。在这神秘奇特的蝴蝶雪里，在这洪泽湖渔鼓的咚咚响声中，人们祈盼着大禹的神灵还在为降服水灾四处奔走。

二

杜充决河并未对金军南下造成很大影响，而使得今河南、山东、安徽、江苏一带的百姓至少淹死二十万人以上，因流离失所和瘟疫而造成的死亡数倍于此，无家可归沦为难民近千万人。从此，苏北一带每到汛期，洪水漫滩，满目浊黄，激流滚滚，涛声如雷，令人魂飞魄散。

我们民族认为的洪荒时代，就这样突然袭击似的降临在原本富甲天下的江淮大地上，也就是在这个洪荒时代苏北形成了洪泽大湖。

洪泽湖位于淮河下游，原是泄水不畅的洼地，是一批浅水小湖群，古称富陵湖，两汉以后称破釜塘，隋称洪泽浦，唐始名洪泽湖。隋大业十二年，隋炀帝杨广从洛阳乘龙舟游幸江都，一路干旱，经过“破釜塘”时，喜逢大雨，水位大涨，他一时兴起，就将破釜塘改为洪泽浦，“洪泽”之名由此而来。也就是在杜充掘开黄河之后，黄河南徙经泗水，在淮阴以下夺淮河下游的河道入海，淮河因失去入海水道，在盱眙以东潴水，使原来的小湖扩展为百里方圆的大湖，现代意义上浩瀚无垠的洪泽湖由此形成，也导致了大运河河道被冲毁。而为了祈盼神灵镇服洪水，洪泽湖地区的百姓纷纷选择高地，建造起无数座禹王庙龙王庙。相传在钵池山上建造的那座禹王庙就是当时规模最大、香火最旺的一座。

三

当老者闭目跪坐着吹起了长箫，几个身着玄衣长袍的大神就煞有介事地说唱起来：“天门开地门开，洪魔水怪快躲开。你要不躲开，你就要遭灾。咳……哎，咳……哟。”大神唱到这儿闭上双眼，嘴里“呸！

呸！吐！吐”，吐了几口火之后，坐在马杌子上，然后就喃喃地说起了谁也听不懂的呓语，接着又按“咚咚咚！咚！咚咚咚！咚”的节奏敲起了渔鼓。大神左手端渔鼓，右手持竹键，不停地敲打着，老道端坐在挂着禹王神像的神坛上，口中念念有词，喃喃吟咏，似唱非唱，似说非说，如歌如泣。伴奏的渔鼓班子则坐在一侧又念又唱，有时屈一足“商羊腿”，加上几面渔鼓的敲打声，哼呀唱呀浑然一片。在场的所有百姓早已虔诚地跪倒在地，他们全都沉浸在幻想的神话世界里。

这时，面对钵池山下滚滚洪流，所有的官民全都相信水的祸福是上天的旨意，而洪泽湖就是上天编造的一个精彩故事给人间留下的印记。

苏北一带一直流传着这样的一个神话，说泗州城里一家姓刘的员外，家庭富裕，但没有子嗣。玉皇大帝就叫掌管星宿的神仙显灵，赐他一个儿子。刘员外老年得子，欢天喜地，没想到第三天孩子就开始哭闹不止。此时正好一个白发老头儿到此，不但治好了孩子的病，还对员外说：“你赶快造一条大船，要常常到禹王庙门口看看，那个石狮子如果脸一发红，就要发大水了。”一日，刘员外发现狮脸真的红了，赶紧向大船跑去。这时从西边走来一个挑着水桶的老太婆，后面有一个骑着小毛驴的老头子追赶过来，高喊着他的驴要喝水，老太婆将水桶放下来给驴饮水。驴喝到桶底就不喝了，那老太婆将桶底的浑泥汁子倒在了地上。就在这时，那泥汁子顷刻之间变成了几十丈高的带着泥沙的洪水，最后居然冲出了这么大的洪泽湖。

洪泽湖形成的神话听起来无比浪漫，九百年来早已使当地百姓坚信不疑，久而久之居然几乎没人知道，是因为杜充掘开黄河大堤才淹死了二十万百姓，才形成了洪泽大湖。这里的所有人全都沉浸在这种神话的浪漫之中，祈盼着禹王龙王能够拯救这个洪荒时代，就这样洪泽湖渔鼓也就应运而生。

洪泽湖渔鼓是湖上渔民祭祀活动时的舞蹈，距今有近九百年的历史，它伴随南宋初年洪泽湖的形成而诞生。渔鼓作为渔民祭祀活动时的伴奏工具，寓意岁岁平安，在鼓面画上大红鲤鱼的图案，渔鼓的四周还系有铁环，每环再系两三个小铁环，柄尾系上大红丝带。大神左手持鼓，右手执键，随着动作摇动起渔鼓，又用竹键有节奏地击打起渔鼓，鼓声咚咚，环声叮当，确有几分古朴神秘之感。

“天门开地门开，洪魔水怪快躲开。你要不躲开，你就要遭灾。咳……哎，咳……哟。”大神闭着双眼唱着，手里敲击着渔鼓，发出一阵阵“咚咚咚！咚！咚咚咚！咚”的声音，这渔鼓声和着禹王庙里老道吹的长箫声，一起伴随着无数只白色的蝴蝶，在四面一片汪洋的洪水上空盘旋不已。

这里有无数神话，每只蝴蝶都是一个神话。

四

面对滔滔洪水，面对国破家亡，苏北运河两岸的民众只得将全部的希望寄托于神灵。因此，这里的神话创作也就空前繁荣起来，出现了大禹锁淮河水怪、千古第一奇妖、九牛二虎一只鸡等一大批神话经典，《西游记》《聊斋志异》后来在这片土地上诞生也就不足为奇了。

洪泽湖流域一直流传着大禹锁淮河水怪无支祁的传说。据传大禹为了治淮，三次到过淮河的源头桐柏山。可是，每次都见到桐柏山狂风大作，电闪雷鸣，山石号叫，树木惊鸣，禹后来得知是淮河水怪无支祁在兴风作浪。这无支祁形似猿猴，缩鼻高额，青躯白首，金目雪牙。于是，禹和无支祁在桐柏山下展开了一场恶战，最后擒获了无支祁，并用大铁链锁住无支祁的脖颈，然后把他压在淮河下游洪泽湖南岸的龟山脚下。禹打败了无支祁，从此淮河就再也没有水患了。

无支祁的传说在苏北一带流传甚广，它被称为“千古第一奇妖”。后来，吴承恩便是在这“奇妖”的基础上创作出了孙悟空的形象。从宋元话本《陈巡检梅岭失妻记》和元明杂剧《二郎神锁齐天大圣》《西游记》以及明人宋濂的《删古岳渎经》中，我们都可以看出无支祁传说演变的痕迹。鲁迅在《中国小说史略》中说：“明吴承恩演《西游记》，又移其神变奋迅之状于孙悟空，于是禹伏无支祁故事遂以堙昧也。”

洪水神话和治水传说是运河两岸千万民众神话创作的共同话题。大禹是治水的神，自然而然地就成了擒住无支祁的主角。因此，禹王庙从南宋初年开始便遍布运河两岸也就成为情理之中的事情了。

国人需要神话让自己崇拜，起初自己虚构的神话最后连自己都信以为真了。这样也就衍生出许许多多与淮河、运河、洪泽湖相关的神话故事和祭祀风俗来，而祭河便是其中最为重要的一项。

每当洪泽湖决堤成灾，堵决之前必定都要举行声势浩大的祭河仪式，而清顺治十六年运河在桃源县崔镇决堤，四乡庐舍淹没殆尽，又决洪泽湖西岸归仁堤，洪水冲过洪泽湖后，又漫入高邮、宝应、扬州，灾情十分严重。所以，这次堵决祭河更是与往常不同，居然找来一位名叫“挡得住”的年轻小伙子做“人祭”，打起了“人桩”。

那一天清晨，暴雨如注，洪泽湖西的归仁堤决口处人山人海，堤坝上搭起一座高耸入云的祭台，上面早已供上许多牺牲供品，各色旗帜在狂风中瑟瑟飘飞，无数鞭炮也已在司祭的口令下一起轰鸣，锣鼓唢呐也随之一起高奏，纸钱也在祭棚里燃烧起来，升腾起一阵阵青烟。而那位名叫“挡得住”的小伙子早已一身红衣红裤红头巾，身后还绑着一块大石头，十分英武地站立在祭台下的大堤边。只听得司仪一声号令，他纵身一跃而下，跳进了滚滚洪流之中。紧接着，他身后的几十个同样是红衣红裤红头巾、背后绑着大石头的挡姓民工，齐声呐喊着“挡得住”，也一起跳向洪水里。整个归仁堤决口，红衣红裤的年轻人用身体叠加成一道人坝。治河大臣见此光景，知道“人桩”已经打好了基础，赶紧命令劳工们将事先备好的石块、条木、泥袋一齐朝“人桩”身上堆去。

他们身后一大群挡姓家属早已哭声震天……

五

“船离洪泽岸头沙，人到淮河意不佳。何必桑乾方是远，中流以北即天涯。”这是杨万里在《初入淮河》这首诗里，给我们描述的他对洪泽湖的痛苦感受。从此，浩瀚千里的洪泽湖成为历代诗人吟咏的对象，也就留下了数千首诗作，而陈毅元帅当年也在这里写下了“淮水千里过洪泽，连天荷花施粉出。惊闻汽笛一声鸣，芦中野鸭飞入云”的佳句。当然，这无数首诗作也记录了洪泽湖所包含的淮河下游这片黄土地上的经济兴衰。

隋唐北宋时期苏北的经济辉煌万千，在那三百多年间，苏北是整个东南沿海乃至全国经济最发达的地区。苏北的农业、手工业、商业都在全国处于领先地位，纺织、造船、矿冶、制盐、茶叶的生产均居全国之首，光徐州每年上缴的布匹就超过七万匹，远超江南诸地；盐产量占全国的三分之二；茶叶产量占全国的四分之一。苏北因有大运河还是当时全国最开放的地区，海州是中国通往朝鲜、日本的重要港口，内地前往海州经商者往来不绝。“江淮熟，天下足”，“走千走万，不如淮河两岸”，也就成为当时叫响全国的流行语。

然而，不管洪泽湖岸边的百姓怎样虔诚地膜拜禹王龙王，杜充掘河造成的灾难，使隋唐北宋时最为富饶繁华的两淮地区毁于一旦。杜充掘开黄河之后，黄河夺淮，山阳、淮阴、盱眙、泗阳、徐州等十多个城市被淹没，成百上千的村庄被淹没。从此，苏北肥沃的土地变成了不毛的盐碱地，苏北优良的运河河道变成了淤泥沟，苏北发达的水利设施和手工业厂矿全部被冲毁。楚州因为经常闹水灾，人口数量跌宕剧烈，南宋时楚州的人口仅为北宋时的三分之一。因粮食经常颗粒无收，很多苏北百姓只好背井离乡逃难到江南。此外，苏北还是南宋与金国战争的主战场，宋金两国在这里发生的重大战役就有十多次，天灾人祸加剧了苏北的人口流失和经济落后。因此，1128年杜充掘河促使洪泽湖形成与扩展，导致运河失修并淤积，是苏北从率先发达走向经济贫困的重大转折。

对于这样一座千疮百孔、灾难深重的洪泽湖，江淮民众只得祈求神灵来保佑她的平安，洪泽湖渔鼓也就成为当地百姓喜闻乐见的一种祭祀祈祷形式了。

九百年前的那个傍晚，在钵池山高台上举行的那场凄美而悲壮的祭祀还在进行着，那位七旬老者还跪坐在高台之巅，还在吹奏着祈祷禹王的长箫。那群身着黑长衫、头戴黑道帽的“大神”，还在边跳舞边敲击着手中的渔鼓。高台之下洪水却愈加汹涌，高台四周的白色蝴蝶也愈聚愈多。就在这场奇特悲壮而又凄美宏大的祭祀仪式即将结束，那曲洪泽湖渔鼓的乐舞也跳到了尾声时，倾盆大雨伴着电闪雷鸣从天而降，钵池山发出一阵又一阵轰隆隆的沉闷巨响，整个山体被汹涌澎湃的洪水冲垮了，顷刻之间高台被冲塌下去。端坐在高台之巅的老者吹着最后一曲长箫，四周那些大神敲着最后一声洪泽湖渔鼓，便随着高台一起倾覆坍塌，卷入洪水。天上大雨滂沱，地上洪水滔滔，天地之间一片混沌迷蒙。

相传成千上万只蝴蝶这时争先恐后地扑向正在倾倒的禹王庙，落满了庙宇，庙顶的瓦上，庙墙的砖上，庙的柱上、窗上、檐上全都是蝴蝶，禹王庙也就变成一座由无数白色蝴蝶组成的庙宇。蝴蝶们和禹王庙一起，在轰鸣声、渔鼓声、洪水声里坍塌下去，然后心甘情愿地被滚滚洪流所淹没。蝴蝶们肯定是在为禹王庙殉葬，肯定是在为那个所向披靡的神话殉葬。这时有一阵洪泽湖渔鼓在远处响起，渔鼓的咚咚声响肯定不仅仅是为集体殉葬的蝴蝶祭奠亡魂，肯定是想让人们永远活在神话的世界里不要醒来。

良久，成千上万只蝴蝶的白色尸体漂浮在浑黄的水面上，随波逐流，浩浩荡荡，顶风冒雨，向着洪泽湖的深处漂泊而去。

英雄挽歌

一

那是从九百年前传来的长啸不已、经久不息的隆隆鼓声，那位身披百花袍、手提绣鸾刀、身骑桃花马的梁红玉，就伴随着这鼓声飞奔在洪泽湖北大运河边的那个充满暗算的傍晚。这时的梁红玉，应该像京剧《战金山》或是《双烈记》里的刀马旦那样，头戴七星额子行头，插着两支长长的雉尾翎，梳着大头，戴着尾子，一副英姿飒爽的样子。她的脸谱只是“俊扮”，不用油彩，美丽的脸庞略施脂粉就足够了。她的背后插着四面彩绣龙纹的护背旗，每面旗又有一根长长的彩色飘带，她骑马飞奔，护背旗连同飘带飞扬招展，潇洒优美之极。

一阵又一阵敲击皮鼓、大锣、小锣和铙钹的声音向我传来。我听着这急促的锣鼓声，心情沉重地站在淮安城北的梁红玉祠，仿佛这阵战鼓声是从风雨飘摇的大宋江山传来，那战鼓声又在天地之间发出了龙吟虎啸般的回响。这隆隆鼓声应该是梁红玉面对南宋破碎河山发出的重整乾坤的誓言，应该是梁红玉面对十万金兵擂响的一腔爱国豪情。当然，她应该压根儿就没有想到，会有一股暗算的阴风正在自己的战鼓声里滋长。

我在淮安老城四处徘徊，想寻觅到这隆隆鼓声的历史源头，却在淮安南门外，看到《水浒传》写的埋葬宋江的地方。宋江在招安后被宋徽宗任命为武德大夫、楚州安抚使兼兵马都总管。高俅见宋江受到皇上重用便设计陷害，奏请皇上赐宋江御酒，他却暗中在酒里下毒。宋江跪地叩谢皇恩之后一饮而尽，立时觉得腹内一阵疼痛，这才知道自己中了奸臣的暗算，可是为时晚矣。宋江死后被葬在淮安南门外的蓼儿洼。宋江墓的东面还有一座关天培墓，两座墓一东一南，相距不过三里，他们二人皆是被人暗算而死。更令我惊奇的是，位于城北的梁红玉祠，是为了纪念民族英雄梁红玉所建，而这位历史上赫赫有名的抗金女英雄恰恰也是死于暗算。这一东一南一北，使历史上的淮安城变成了一座被人暗算之城。

关天培之死是因为中了琦善的暗算，所以琦善被认定为叛徒并没有冤枉他；梁红玉也是中了铁杆叛徒伪齐镇淮军的暗算，那更是毋庸置疑。只是值得我们深入思考的是，为什么会有叛徒出现？这些人为其他民族的入侵立下了汗马功劳。

建炎四年，十万金军攻取南宋都城杭州，大肆掠夺后北归。韩世忠在京口一带堵截金兀术的归路，打得金军心惊肉跳，逼得金军退到黄天荡内无路可逃，正是贪图蝇头小利的当地叛徒为侵略者出谋划策，挖开了淤塞的老鹳河故道，助金军突出重围，又是叛徒献计金兀术火攻韩世忠大船，致使宋军大败。绍兴五年，梁红玉随夫出镇楚州。农历八月二十六这一日，宋军遭到了由投降金军的伪齐镇淮军这支叛徒部队的伏击，而叛徒又买通宋军士兵在梁红玉的食物里下毒。梁红玉落马而死，首级被敌人割去。就这样，金军打不垮的军队，却被叛徒打垮；正面战场打不垮的军队，却被暗算打垮。

马拉圩在淮安北门外东武村附近，梁红玉就是在这里被叛徒暗算致死的。当时有叛徒向金军告密说梁红玉在这个村子的村民家里养伤，并且已经事先在梁红玉的食物里下了毒，叛徒带着金军在那天傍晚突然包围了村子，扬言要对小村子实行“三光政策”。梁红玉不顾自己重伤未愈，身披百花袍，手提绣鸾刀，跨上桃花马，带领女兵们与金兵拼杀起来。叛徒指着梁红玉对敌将说这就是梁红玉，敌将掏出弓箭放出连珠箭，一箭射入梁红玉的腹部。恰巧就在此时，梁红玉体内毒性又发作起来了，她全身无力，敌将回马一剑便砍在她的脖子上，梁红玉的人头飞了出去，像西瓜一般滚落在草丛中，抗金女英雄就这样惨遭杀害。

令人痛心疾首的是，梁红玉的丈夫韩世忠也是被叛徒暗算而死的。绍兴十一年六月，宋高宗、秦桧为了与金人议和，收回韩世忠的大将兵权。韩世忠上疏皇上言秦桧误国，结果惨遭贬职，被封了个福国公的空名。从此，这位抗敌多年的名将杜门谢客，不言朝事，在梁红玉被暗算之后十五年，被奸臣活活给气死了。

如血的残阳默默西沉于一片浓密的乌云丛中，洪泽湖北古运河边的衰草染满血色随风摇曳，隆隆的雷声不停地从天边连连响起。不知那是不是梁红玉当年擂响的战鼓？

二

这里是开封市南二十公里处的朱仙镇宋金古战场。这里的岳飞庙和汤阴、武昌、杭州等地的岳庙一样，是民间对所向披靡的民族英雄的追怀，是亿万百姓对被害冤死的抗金名将的千年祭奠。

从这座岳飞庙的雕梁画栋和飞檐翘角之间流泻出来的，是气吞万里如虎的豪情，是但悲不见九州同的疾愤，更是报国无门、壮怀激烈的热泪。这使我联想到京剧《朱仙镇》里的岳飞形象。岳飞是一副老武生“俊扮”，面部用红色胭脂涂抹，下巴配上一副飘飘长须，头戴一副荷叶盔，身背四面“黄硬靠”彩绣龙纹护背旗，脚踩一双厚底靴，手持一杆沥泉长枪。他痛心疾首地唱着“西皮原板”：“十年待雪靖康恨，烈烈激怀臣子心，喋血中原传圣命，不渡黄河痛回军，虎狼金邦夙无信。若不是十二道金牌班师命，早得见旗指黄龙复燕云，丞相若虑千秋论，引狼入室何居心？”

南宋绍兴十年，岳飞率十万将士第四次北伐，在这里取得了著名的朱仙镇大捷，把金兵赶到了黄河以北。就在他准备挥师北上、收复东京、直捣黄龙的时刻，一日之内接到了宋高宗的十二道收兵金牌。岳飞仰天长啸：“十年之功，废于一旦！”说罢，他不禁啜泣起来，热泪盈眶。

这位威震敌胆的将军哭了，哭得凄凄惨惨，哭得捶胸顿足，哭得天昏地暗，哭得全军将士跟着一道放声大哭。中原百姓拦在岳飞的马前哀求道：“我们顶着香盆，运送粮草，慰劳官军，金人全都知道，今天将军一旦南撤，我们百姓必定死于金兵之手！”说完成千上万的百姓齐刷刷地跪在岳飞的马前。将军双眼闪烁着泪花，取出皇上的诏书给大家看：“我岳飞十年抗金，四次北伐。在广德，突袭金人，一举大获全胜；在镇江，四战四捷，金人闻风丧胆。这一次，我岳飞进攻金兵，大破十万铁骑，收复中原，指日可待。可这时皇上下旨，命我撤军，我不能抗旨呀！”百姓们听将军这么一说，霎时间哭声震天。

岳飞早已对秦桧怂恿宋高宗卖国求和之事有所了解，早已知道他们把自己看成是执行求和政策的眼中钉、肉中刺，这一次自己回去想必是凶多吉少。想到此，报国无门、破敌无望的悲伤涌上心头，岳飞不禁泪流满面、仰天长啸。

战旗猎猎，铁马嘶鸣。沙场点兵不是去收复中原，狂饮酣醉却是为班师回朝。直至今日，这个古今中外战争史上绝无仅有的一次撤军仪式，永远地铭记在中国的历史上了，永远地铭记在亿万百姓的心灵深处了，永远地铭记在朱仙镇岳飞庙的殿堂廊房和碑刻彩塑之间了。

那岳庙山门之上不是至今还回荡着岳飞当年怒发冲冠时留下的怒气？那正殿里不是至今还高悬着岳飞当年奋笔疾书“还我河山”的狂草？那拜殿里不是至今还残留着岳飞当年醉卧沙场的酒香？那碑廊里不是至今还闪耀着岳飞当年报国无门的悲愤泪花？

这时，他是否料到自己回到京城临安会被诬陷而锒铛入狱？这时，他是否料到自己面对刽子手的严刑拷打，能做的只有愤然撕去上衣，露出背上精忠报国四个大字？这时，他是否料到自己就是带着这精忠报国四个字在大理寺风波亭以莫须有的罪名被毒死？

就这样，将军离开了朱仙镇，就这样，将军离开了沙场。将军走了，带着一腔独驾长车、踏破贺兰的强国热血走了，带着一生饥餐胡虏肉、渴饮匈奴血的爱国梦想走了，带着一身靖康耻、犹未雪的遗憾和愤慨走了。将军走了，泪花洒满一地。

试问谁揾英雄泪？试问谁抚英雄心？难道是朱仙镇的这座香火旺盛的岳飞庙里的碑林？难道是白脸奸相秦桧长跪门前九百年？

三

在宋朝的历史舞台上始终晃动着杨业老生“俊扮”的形象，他一副苍凉悲壮的扮相：金踏蹬、白发髻、白鬓发、黄绸条、黄软靠旗、黑苫肩、内衬红龙箭衣、红彩裤、厚底靴，总是反反复复地唱着悲怆的“反二黄慢板”：“叹杨家秉忠心大宋扶保，到如今只落得兵败荒郊。恨北国萧营中打来战表，敢抢我主锦绣龙朝。贼潘洪在金殿帅印夺了，我父子倒作了马前的英豪！”至今九百多年过去了，这悲怆的唱腔肯定还在开封城内的天波杨府上空激荡。

“甘心撞倒在李陵碑，便死也不将名节毁。”在京剧《李陵碑》中被称为老令公的杨业，用他五十九岁的头颅撞死在李陵碑上，他一生的强国梦想也被撞得粉碎。

当寒冬的夕阳放射着肃杀的白光，蓄谋已久地坠落在积雪覆盖的山谷之间的时候，身负重伤的杨业带着一百多名残兵败将，被大辽名将士金秀一路尾追而来，别无选择地逃到这座荒无人烟的狼牙谷。

杨业在山口勒马望去，只见两山交牙，树木茂密，冰天雪地，寒风怒号，再看看自己的这支小小的队伍，撕破的旌旗，疲惫的战马，伤残的士卒，还有留在身后雪地上的那行凌乱的足印。看到此，一种死到临头的不祥之兆袭上他的心头。山谷变成了巨大的坟场，寒风变成了追悼的哀乐，冰雪变成了送葬的白纱。

杨业骑在战马上，心底泛起一股委屈的酸楚，自己早就预料到这一仗大宋必败，所以进言避其锋芒，可大宋主帅潘美讥讽自己临阵畏敌，甚至诬蔑自己背叛大宋。自己是从北汉投诚过来的人，在这种情况下不得不以战死沙场来表白忠于大宋、忠于太宗。现在果然败下阵来，潘美这个奸臣又见死不救。这时，无数支利箭突然从谷口呼啸而至，有十几个士卒中箭倒下，杨业的左臂也被射中，鲜血从他的臂膀溢出，他大叫一声从马上滚落下来，使出全身的力气拔出箭头，抽出战刀大吼一声向敌人冲去，一怒之下斩杀十几个敌人，和将士们拼死一搏才把辽兵赶下山去。

天已擦黑，辽军也不再进攻，只是团团围定，想把杨业他们困死饿死。当杨业精疲力竭地来到山顶，看到山上那座被积雪覆盖得严严实实的李陵庙和庙前高大的石碑时，他知道这里就是自己以死表白忠诚的地方了。

杨业强忍着伤痛背倚石碑对部下说："我蒙圣上厚恩，为我敕建天波府，实期捍边讨贼，扬我国威，以仰答之，不意为奸人所害，连派二子前往求救，都无援兵，以致我等败绩，事已至此，我有何面目求活？"说罢起身朝南含泪跪下，连拜三拜说："太宗吾主，善保龙体！老臣岂能被俘，使我大宋受辱，老臣去了！"说完取下紫金头盔，把自己的身体弯曲得像一张弓，一头撞死在庙前的那块李陵碑上，他把自己当作一支利箭射向了永恒。一百多部卒也都向南跪拜，然后挥泪自裁，无一偷生。霎时间，李陵碑前血洒积雪，横尸遍地。

杨业之死把他的强国梦想像一粒种子，永远地埋葬在大宋王朝的破碎河山之间了。而这粒悲剧的种子在苟延残喘了三百年的大宋王朝那飘摇的风雨之中破土发芽，生长延伸成为那个脸谱时代所有民族精英的悲剧。因此，精忠报国的岳飞被毒死在风波亭，所向披靡的韩世忠被撤职外放，留取丹心照汗青的文天祥到死也没被重用，正直敢谏坚持抗辽的寇准取得澶渊之胜后就被罢相，铁面无私一生清廉的包拯三次被贬，先天下之忧而忧的范仲淹在庆历新政全面失败后，病死在被贬途中，才高八斗的欧阳修因支持新政屡遭牵连，锐意除旧的王安石十年变法终告失败，激情万丈的苏轼也被打入死牢流放黄州，临死都不忘北定中原的陆游一生穷困潦倒。所以，杨业的悲剧已经不是杨业一个人的悲剧，也不是杨家将的悲剧，而是所有民族精英的悲剧，是整个大宋王朝的悲剧。这不得不使我们后人对那段无法抹去的奸臣当道、叛徒猖狂的历史进行反思。

四

包拯是一副净行脸谱的扮相，勾着黑整脸，黑黑的额头还上画了个白色月牙图案，表示明月清风一身正气。他身穿黑蟒袍，腰系白玉带，脚踩厚底靴。这便是河南省开封市的包公祠里陈列的包公画像。

这座恢宏威严、具有宋代油漆彩绘风格的古典式建筑，占地一公顷，祠内主要建筑有大殿、二殿、东西配殿、半壁廊和碑亭。我在大殿里看着那座富有强烈的传奇色彩的清官包公塑像，酷似京剧黑脸包公的脸谱，心中充满了无限的崇敬之情。然而，我在对大殿、二殿里陈列的文物、典籍反复品读之后，从那尘封已久的包拯历史生平的拓片和碑文之中，方才猛然醒悟到刚直不阿的黑色脸谱背后的无奈叹息。

这可是一声发自九百多年前的叹息呀。

自公元1050年初至1052年3月，在包拯担任谏官的两年零一个半月内，他一连七次向宋仁宗上书《求外放》。在这两年中，他先后写了《进魏郑公三疏札记》《乞不用赃官》等十多篇反腐檄文，四次弹劾皇上的至交、边防节度使郭承佑，使之丢官；五次痛斥国丈、三司使张尧佐，使之辞职；六次抨击宰相宋庠庸碌无为，使之罢相。然而，他要对北宋的官僚制度进行改革，提出七十岁退休，使干部年轻化的主张时，却遭到了朝野上下的一致反对；1051年8月，国丈张尧佐被重新起用，官至宣徽使。包拯不得不感叹自己回天无力，他的心凉透了，他已经知道自己斗不过权臣奸相，只得七次向宋仁宗提出离开京都到外地做官的请求。

包拯出京后任高阳关路安抚使、知瀛洲，当上了镇守边关的统帅。然而不到一年，天降灾难，他的独子暴病身亡，老年丧子的包拯只得回到家乡安徽庐州任知府。公元1056年3月，欧阳修上疏宋仁宗推荐包拯，包拯从偏远的庐州升迁开封府尹。外放四年，包拯的情绪十分低落，他当上了首都开封府的首席长官时已经五十八岁，真正的风烛残年了。

我站在九百多年前开封府原址上兴建的包公祠二殿里，注视着那幅手捧牙笏、身着官服的包拯全身画像，想从他那满脸油黑的面部表情上，推想出他失意多年被重新起用后的心态。联想到《铡美案》《打龙袍》《乌盆记》等京剧剧目里伟岸的包公，他的净行脸谱，黑黑的额头上还特意画了个月牙图案的扮相，我不由得一声长叹。

包公祠里有一张清代石刻的拓片，是1982年开封重建包公祠时，从合肥包公祠的石刻画像上拓来的。原先在合肥的石刻画像是清光绪年间一位景仰包拯的读书人捐资请绘画名家镌刻的。我凝视那已经被无数瞻仰者的手指抚摸得油光发亮的石刻，仔细体会着千百年来百姓对包公的膜拜，不得不为包拯这位封建历史上无与伦比的清官，在反腐斗争中历经挫折而本色不改发出由衷的赞叹了。

包拯在开封府的一年零三个月是他人生的巅峰，然而他仅仅做了两件大事，一是整顿衙门，二是抗洪救灾，并未像后人传说的那样连破诸多奇案。他六十岁迁官右谏大夫、御史中丞，重新当上了谏官，再一次与腐朽没落势力开展面对面的斗争。第二次当谏官，他一连两次弹劾两位三司使之后，宋仁宗居然命他去做三司使。包拯是在“外议哗然”，满朝文武一片非议之中穿上了二品龙袍，走马上任的。他官做大了，锐气却远不比从前，更要命的是他还在晚年犯了包庇部下的错误。不到一年，包拯就被调至枢密院任副使，这时他已经六十三岁，年已老迈，后不到一年便抱病身亡了，终年六十四岁。

这就是脸谱的背后——真实的忧郁与奋进掺杂于一体的无奈包拯，这也是大宋王朝皇权体制的一个悲剧缩影。

辑　二

皇权制度的腐败、官僚的贪婪本性、灾民的落后意识阻碍了洪泽湖及大运河的有效治理。治理水患的九百年，是民族精英和普通民众不断与那些腐朽落后思想斗争的九百年，也是不断牺牲奉献、不断探索创新、不断培育民族脊梁的九百年。

淹没在淮剧里的村庄

一

“苦……啊……”

这“苦”字如千钧之重喷薄而出，在一百多年前大清舞台的上空划了一道弧线，“哇”的一声随着“苦”的惯性滑翔起来，带着泪沾着雨在半空飞旋不散。

在苏北那个象征寒风苦雨、道路泥泞的舞台背景下，年方二十的赵五娘衣衫褴褛、满脸泪痕、踉踉跄跄地抱着一把旧琵琶，用莲花步踩着淮剧揪人心弦的鼓点逃荒而来。她长途跋涉，千里寻夫，一路卖唱凄凄惨惨，一路乞讨风餐露宿，一路泪水涟涟，怎一个苦字了得？

当一百多年前淮安清江浦的戏台上，赵五娘一身素衣，头扎白布，怀抱琵琶，满脸凄苦地站在自己丈夫却又是新科状元、相府快婿的蔡伯喈的书房里，哧啦啦的一声撕心裂肺的哭喊，用“大悲调”唱出那句“苦命人坐书房泪如雨下”时，全场的观众都跟着她一起泪如泉涌。见到这样的一个被丈夫抛弃的弱女子，陷入叫天天不应、呼地地无声的悲惨境地，特别是“淮悲调”的以哭当唱，纵使你是铁石心肠，也要热泪难忍，肝肠寸断了。

赵五娘的丈夫、蔡家庄的才子蔡伯喈，三年前赴京赶考高中状元，却入赘相府三年不归。家乡又逢大旱，父母自尽，赵五娘撮土为坟，然后穿着一身孝服苦寻到了京城，来到这相府里蔡伯喈的书房，这就由凄婉悲催的板胡扬琴伴奏，引出了这番催人泪下的“拉调”哭诉。

面对着享尽荣华富贵的丈夫，面对着不认亲爹亲娘的丈夫，面对着抛妻另娶的丈夫，她想起自己这些年穿的是破衣烂衫，住的是透风漏雨的破草房，吃的是树皮草根；她想起自己为了孝敬他的爹娘去借粮，被强盗抢走了粮食去上吊自尽；她又想起了公婆双双赴死，自己用五张芦席葬了公婆，从心底发出的悲愤之情唱了一段“大悲调”：“我扒了七天共七夜，麻布兜土立坟堂，狠心的呀你望望，我十个指头还有伤。张大伯劝我把京城上，滴血描起图一张，送我琵琶沿街唱……”

淮剧《琵琶记》演到这里已经进入高潮，赵五娘按照“香火调”快板的节奏，伴随着扁鼓、苏锣、铙钹、堂锣的打击乐器，急躁地痛骂起丈夫来：“我问你何处生何处长，爹娘恩情全忘光，生不奉养死不下葬，抛下父母忘记糟糠，枉读诗书空立朝堂，忘恩负义丧尽天良，你是个不忠不孝、不仁不义的薄情郎！”唱到这里全场顿时爆发出雷鸣般的掌声。骂得痛快，骂得淋漓，骂得酣畅！

淮剧《琵琶记》演绎的赵五娘的悲剧故事，其艺术价值就在于表现了苏北灾民的悲情性格。从南宋到清代黄河夺淮七百二十八年的漫长岁月里，水灾给苏北带来的经济损失难以计数，苏北经历过数十次甚至上百次的严重水灾旱灾蝗灾。无数村庄被淹没，千万百姓流离失所，良田变成盐碱地，水利系统全被破坏，洪泽湖形成扩展并经常倒溢成灾。宋元明清有关苏北水患旱灾的文献记载甚多。清咸丰五年黄河北徙之后，在苏北留下的仍是大片的黄泛区，水系紊乱，土地贫瘠，乡村困苦，经济落后，与汉唐、北宋的盛世繁华相比真是天壤之别，直到民国、新中国，苏北都还处于黄河夺淮的“后遗症”之中。

许多饥寒交迫的百姓为生活所逼，把苏北的劳动号子串编成“门叹词”，沿门逐户，边唱边讨，这就是淮剧的起源了。后来外出逃荒中夫妻搭档、兄妹结伴或姑嫂联袂，把“门叹词”发展到两人对唱，再配上胡琴、串板，哭诉灾情，卖唱求施，凄惨动人。他们唱的是自家的苦，讨的是活命的饭。

因为水旱灾害逃荒要饭，从而产生了淮剧。然而，令人费解的是，现在传承下来的淮剧里，居然没有一出正面描写水旱灾害的剧本，却又无一出戏没有帝王将相、才子佳人。可同样是产生于淮河下游，同样是产生于灾荒时期，也同样是产生于乞讨的黄梅戏，却有《逃水荒》《报灾》《闹店》《李益卖女》《闹官棚》《告霸》等一大批正面表现水灾旱灾的戏剧流传下来。究其原因，我认为主要是淮剧表达荣华富贵的欲望，比起其他地方戏来显得更加强烈，这也恰恰说明苏北比起其他地方的灾难更加严重，这个地方的民众更加需要精神上的慰藉。

二

蔡家庄是一座被水旱灾害吞噬的悲剧村庄，是一座被淮剧的悲伤剧情笼罩着的村庄。蔡家庄的背景是一望无际干枯龟裂的土地，村庄里笼罩着一阵阵无数灾民乞讨时哭诉的“门叹词”曲调。

在这炙热如烤的村庄背景里，蔡家那座低矮破旧的茅草屋内，《琵琶记》的主角赵五娘伴随出场的锣鼓，踉踉跄跄地登台亮相。她全身浮肿、脸色蜡黄，一手捧一瓢活命的糠麸，强咽下一口糠，噎得她两眼泪如雨下，然后又颤颤巍巍地端起一碗水喝下去，又觉得头晕眼花。她认为吃下这糠麸，能够苟延残喘地活下去，就能够侍奉公公婆婆了，所以又强忍着痛苦再去吃一口糠麸。

在这个吃糠度日的悲情舞台上，淮剧将赵五娘的个人悲剧，扩展成整个苏北灾区所有村庄的悲剧，又让赵五娘这一番唱念做打，在象征灾难的阳光底下使所有的苏北百姓苦不堪言。

蔡家庄一带先是大水，后是大旱，连年饥荒，颗粒无收。赵五娘家锅里无米煮，灶下无柴烧，三餐无一饱，生机无一条，一家人眼看就要被饿死。赵五娘只得外出借粮。这时她将借来的一点儿米，煮成稀粥端给公婆吃，自己却躲在厨房里吃糠麸，结果反而被婆婆怀疑偷吃米饭。当公婆强行将赵五娘推倒在地，冲去厨房看个究竟时，这才发现赵五娘背着他们偷吃的，根本不是什么米饭，竟然是糠麸！公婆这才悔恨交加起来。

“一瓢糠……一碗水……”公婆愧疚得捶胸顿足，婆婆更是愧疚不已，将赵五娘搂在怀里，痛哭流涕起来：“儿啊，饥荒岁月全仗你，如不然我们早已化作灰呀！你挖草根，摘树叶，不顾双手血肉飞。你晚织麻晨织线，挑水担柴夜少眠，煮粥送到我手里，自己粒米牙未沾，暗暗厨下把糠咽，怎么不叫为娘更伤悲！”说到这里，赵五娘一腔委屈的泪水奔涌出眼眶，又悲又饿又气又急，一下子晕倒过去。

我觉得淮剧《琵琶记》的“赵五娘吃糠”这场戏，之所以能够催人泪下，其主要原因就是将淮剧的悲情特色、人物的悲惨命运、天灾的悲剧性质，这三者完美地结合在一起了，从而将悲剧的艺术效果推向极致，也使《琵琶记》成为淮剧里的经典，传唱几百年经久不衰。

淮剧的悲情特性完全根植于苏北灾民的悲剧命运，淮剧的曲调天生就是为了灾民的悲情发泄。传统的“香火调”就源于苏北求神拜佛以保风调雨顺的香火社戏。“老淮调”源于叙述灾荒，唱起来情绪悲愤，色彩鲜明，大段唱词常常是扣人心弦，催人泪下。淮剧经常使用的“南昌调”“叶子调”“跳槽调”“下河调”等曲调，全都由灾民乞讨时的对唱发展而来。因而，淮剧擅长演绎悲情曲调又被称为“苦情戏”。这是苏北灾民贫困的生活状况和苏北人的悲情性格的直接反映，从而使淮剧成为苏北人区域性格的精神符号。当戏台的大幕一经拉开，舞台上唱的跳的便是一片呼天喊地的血泪控诉。“淮悲调”时而清亮，时而混浊，“下河调”时而平缓，时而激荡，这就难怪许多人将淮剧说成是哭丧了。

当年淮剧作为“门叹词”时，倚门乞讨演唱的是：“叹只叹遭旱荒年有三载，树无枝草无芽水井也干。又谁知发下洪水五月十三，有湖田和土地被水来淹，高岗地被沙压全都不见，低洼田被水打波浪滔天……”试想，他们在唱“门叹词”时是何等的悲痛欲绝，是何等的凄惨悲凉？在这里，淮剧哪里还是在唱？简直就是在哭诉，就是在泣血了。

苏北的灾难引发了淮剧的悲情，也是淮剧的曲调能够感天动地的根本原因。因而在淮安发生的本土故事《窦娥冤》才能家喻户晓，传遍全国。悲剧发展到了杀头的关键时刻，因灾而生的淮剧悲情天性便流露出来了。也正因如此，窦娥在被冤杀行刑之前，这才发了三桩无头誓，其中就有两桩是关于自然灾害的，一是要六月下雪，二是要三年大旱。那出《琵琶记》里的赵五娘吃糠，也是因为天灾大旱，恰好都表现了淮剧曲调的这份悲情天性。在灾荒绝境之下，公婆为了能让赵五娘放心去京城寻夫而双双吞糠自尽，赵五娘眼睁睁地看着公婆噎死在自己的面前，也就悲痛欲绝地唱出“淮悲调”，让观众跟着她一起流泪。

然而，炙热如火的太阳，依旧照耀在蔡家庄的上空，却没有一丝被这曲“淮悲调”感动而下雨的迹象，倒是引来了一场蝗灾。只见得成千上万只蝗虫遮天蔽日地向蔡家庄扑来，发出一阵阵巨大的嗡鸣，然后向村庄和田野俯冲下来，很快就落满了村里村外，蝗虫所到之处，庄稼没了，树叶没了，连野草都没了，四处全都是被蝗虫啃噬之后留下的洼坑。全村的男女老少全都拿起叉把扫帚驱赶起蝗虫，又敲起锅碗瓢盆想吓走蝗虫。在千万只蝗虫的飞舞中，全村上下一片锣声，一片吼叫，一片呼号，还有一片哭喊。

我推想这片声响肯定会合奏演变成淮剧的另一种悲惨曲调。

三

悲情天性与美好向往，贫民本质与拜官情结，是淮剧的双重品格。这是淮剧与其他地方剧产生不同叙述风格的根本原因。同样是《琵琶记》，在秦腔里就是一个完完全全的悲剧结局。秦腔让赵五娘上京寻夫时，被狠毒的相爷差人用马踩踏，差点儿丧命。心肠歹毒的相爷又请皇上钦赐“贞孝可嘉”皇匾，封赵五娘为弥陀主持，想永绝其俗念。心力交瘁的赵五娘，最终倒在血泊当中，含恨而死。而淮剧《琵琶记》的结局却是一个喜剧，赵五娘到京城向相府千金备述前情，居然感动了相爷和千金，夫妻得以团圆，然后又请旨归祭，最后皇上下旨，满门荣封，赵五娘便心满意足地穿戴上一品夫人的凤冠霞帔，与牛相爷的千金亲如姐妹，然后两个女人一起跟随她们共同的丈夫蔡伯喈，前呼后拥，荣归故里，光宗耀祖，在一派欢乐祥和的唢呐声中，吹吹打打地结束了全剧。

其实，淮剧这种热衷表现荣华富贵，简直就是给苏北灾民画饼充饥。我倒觉得秦腔的剧情发展符合当时的社会状况和人物性格，比起淮剧的结局更加可信。然而，淮剧的这种双重品格，决定了淮剧的情节发展，也决定了赵五娘历经磨难之后的大团圆结局。事实上，像《琵琶记》一样，叙述一个悲情故事，最后却都有一个大团圆的喜剧结尾，早就成为淮剧情节发展的套路，《莲花庵》《牙痕记》《郑元和与李亚仙》等，这些久演不衰的淮剧传统剧目莫不如此。从本质上看，淮剧这种大团圆的结局，也是悲剧的另一种表现形式，它虽也能给善良的观众以安抚慰藉，却是短暂的、临时的、虚构的。因为这仅仅就是一种强颜欢笑，只是一种表达贫苦大众的希冀期望，一旦人们明白这种希冀期望，其实是一种难以变成现实的幻想，剩下来的也就只能是格外的悲催。

故事同样发生在淮安的《蔡金莲告状》，演绎的是书生王文勇、王文虎兄弟在父母去世之后，家中又遭火灾，沦落到在祠堂栖身。王文勇奔京赶考，得中状元镇守边关，九年没有音讯。王文勇妻子蔡金莲及弟弟王文虎留在家中，王文虎遭到想毁婚约的岳父诬陷被关押官牢，发配到了淮安。蔡金莲为救二叔，一路奔波告到了淮安，宁愿滚钉板也要把状告。无巧不成书的是，蔡金莲的丈夫王文勇这时被朝廷派往淮安就任两淮王，蔡金莲击鼓告状，就是她的丈夫升堂问案。在这里淮剧的“双重品格”得到充分张扬：

“忽听得前面金锣响，听说来了两淮王，我喊冤击鼓来告状，斗胆闯进王府堂，蔡金莲不把别人告，告的是马洪毒心肠。求王爷受民状，替良民申冤枉，救我二叔出牢房，捉拿马洪到公堂，申雪鸣冤除暴安良，我朝朝供奉夜夜烧香，王爷的大恩大德永世不忘！”

蔡金莲滚钉板告状的结果已经没有任何悬念了，肯定又是一个大团圆的结局。只是当苏北民众早已习惯了悲剧性的现实生活，又看惯了喜剧性的淮剧结局时，必然进行两相对比，也必然会更加悲苦。这便是淮剧给观众带来的“画饼充饥”的艺术效果，这样的痛苦肯定会让人更加难以忍受。

四

一轮六月的烈日徘徊在楚州（现江苏淮安）的城头，一群乌鸦不停顿地在七百多年前的天空盘旋嘶鸣，城外那条被黄河冲刷后的淮河早被炙热，一阵阵惨白如霜的水汽正从浑黄的河面升腾而起。城南菜市口那个杀人的高台早已围满了人群，高台的立柱顶端高悬着一面黄旗，旗下系着十几条迎风招展的白色长绸。这时，人们似乎全都听到了大元王朝的阳光射向大地时发出的滋滋声响，似乎闻到了阳光散发的毒辣辣的气味。

高柱下面五花大绑着一个二十岁出头的少妇，她的背上竖插着“斩”字标牌。随着午时三刻一到，监斩官凶神恶煞般一声怒吼，少女还没来得及高声喊冤，就被刽子手一刀砍下了美丽而苦难的头颅。那颗血淋淋的头，就像西瓜一般，在强烈的阳光照耀下滚向远处，一腔鲜血居然凝聚起来，一起溅向那白色的长绸，将长绸染成了红色。

也就在这时，乌鸦们全都闭上了嘴巴，烈日被一团乌云层层笼罩，接着就狂风乍起，尘土飞扬，一股冰冷的寒流从天而降，顷刻之间就下起了漫天大雪，淮河水面很快就结起一层厚冰。那些红白相间的长绸，就在这冰天雪地里飘飞起来，并且发出一阵阵阴气逼人的嘶鸣。

这便是七百多年前的那个六月天，因一位楚州少妇的含冤被斩，而引发的一场雪灾和三年大旱的奇特场情。她就是历史上大名鼎鼎的窦娥，这个场景就是《窦娥冤》里著名的“斩娥”。

窦娥被张驴儿诬告毒死公公，楚州太守桃杌是个昏官，严刑逼供窦娥，她决不屈从。桃杌转而对蔡婆用刑，窦娥为救婆婆，含冤承招，被判了死罪，这就引出了《窦娥冤》“斩娥”这场戏。

窦娥在临刑之前呼天抢地，向着远去京城赶考的父亲发出了三桩誓愿：血溅丈二白练，六月飞雪，楚州大旱三年。

值得注意的是，像窦娥这样的贫困女子，到了生死关头，还自然而然地将自己平反昭雪的全部希望，寄托于进京赶考的父亲身上。而这一点恰好表现出苏北灾民比起其他地方更为强烈的拜官情结。试想，窦娥的父亲窦天章，去北京参加科考，如果没有考上或是考上了没有做官，又会是怎样的结果呢？窦娥的冤案岂不是无法得以平反吗？

生活在现实水旱灾害里的苏北贫困民众，迫切需要通过淮剧去编造美好梦想，让自己达到精神上的宽慰和满足。因此说产生于水灾的淮剧钟情于皇权，崇拜于官员，正是苏北民众这种封建意识的自然流露。

正因为如此，淮剧搬上舞台之后，就将苏北民众的这种拜官情结刻意放大，使淮剧大演特演的“九莲”“十三英”“七十二记”，无一没有帝王将相、才子佳人的身影。“九莲”里，《刘全进瓜》中的李翠莲，负气自尽，最后还是唐太宗“还阳”，才让她与丈夫团聚；《吴汉三杀》中的王玉莲，本来就是官宦之女，命运一直被朝廷所左右；《蔡金莲告状》中的蔡金莲，为伸张正义宁愿滚钉板，最后是高中状元并当了两淮王的丈夫王文勇主持公道，这才真相大白；《荆钗记》中的钱玉莲，历经坎坷之后，与高中状元的王十朋以荆钗为凭，重新团圆。所有淮剧演绎的故事全都是悲剧人生，可最后又全都因为皇权官府而有了大团圆的美好结局。

所以，赵五娘当初送夫进京赶考时，便无限向往地唱出了“官人若把青云上，谢天谢地谢皇恩”。蔡伯喈高中状元后，自然春风得意地唱出了："四杆彩旗马前摆，三杯高酒谢皇恩，两朵宫花头上戴，独占鳌头第一名。"当皇上钦准赵五娘与夫一起衣锦还乡时，他们便一起感激涕零地唱出了："先跪拜深谢皇恩浩荡，恩准我蔡家团圆还乡。"再所以，窦娥的冤魂向已经做了"两淮提刑肃正廉访使"大官的父亲告状，窦天章主持公道严正判决："张驴儿毒杀亲爷，奸占寡妇，合拟凌迟，押赴市曹中，钉上木驴，剐一百二十刀处死。升任州守桃杌，并该房吏典，刑名违错，各杖一百，永不叙用。"最终，窦娥得以平反昭雪，张驴儿得以严惩法办，桃杌得以革职为民。

沿着淮剧的拜官情结推演下去，窦娥申冤平反之后，楚州在窦天章的英明领导下，肯定会风调雨顺，五谷丰登。这便是淮剧画给苏北灾民的又一块甜饼了。这个甜饼就像那高悬半空的太阳，又大又圆。而事实上，像哭声的淮剧或是像淮剧的哭声，跟随着凶猛的洪水一起，早已淹没了苏北的所有村庄。

一眼看千年

一

蹒跚、静默、黯然。三头瘦驴踟蹰在残阳西斜、枯叶乱舞、哀鸿长鸣的情景中，踟蹰在二百五十年前乾隆盛世的那个晚秋季节里，踟蹰在山东潍县街头那条破落凋败的石径上。三头瘦驴满载着一腔怨恨缓缓地朝城外而去。渐行渐远。缓缓地消失在远方的枯树丛中。三头瘦驴岂止是载走了年事已高、刚被革职的一介书生，三头瘦驴载走的分明就是大清王朝文人在灵魂深处奋力挣扎之后的无限惆怅，载走的分明就是对整个封建王朝官本位统治体制绝望之后的仰天长叹。三头瘦驴一步一步地走向中国封建时代所有文化精英的必然归宿。

古道，西风，残阳，驮铃叮当。手摇驴鞭的书童在前开道，驮着书画的驴犊居中而行，走在最后的那头老驴背上垂头丧气地坐着的那个干瘪老头，就是被称为大清国诗书画“三绝奇才”的郑板桥。

这天傍晚，刚被革职为民的郑板桥头戴黑风帽，身穿长毡袍，无限依恋地走出县衙的大堂，背倚驴鞍仰望长空叹息道：“我郑燮清贫一生，居然被污告成贪墨而革职，今日归装却是这样轻简，望诸君力据清流，一定无忘我今日之泪也！”接着给闻讯赶来送行的百姓挥泪画了一幅《墨竹离别图》，又在图上题诗一首：乌纱掷去不为官，囊橐萧萧两袖寒。写取一枝清瘦竹，秋风江上作渔竿。写罢将手中毛笔上的残墨在水中认认真真地洗净，又异常严肃地对百姓说：“我没有带走潍县的一滴墨水！”

郑板桥因为在灾年开仓借粮给饥民，自己反而被诬陷为贪污公款，因冤假错案而削职为民，告老还乡。可他宁愿让自己背着这个黑锅也不愿让百姓受苦。所以，他取出当年饥民领米的借据当众烧毁，这才安心地跨上毛驴挥手而去。直到他吃力地爬上驴背时，一直强忍着的泪水才从他那清瘦的双颊奔涌而下，顷刻之间为他送行的潍县父老黑压压地跪成了一片，乌淘淘地哭成了一片。

一鞭斜阳是血，一鞭驮铃是风，一鞭老泪是雨。

在书童手里的驴鞭吧嗒吧嗒的一串又一串的脆响声里，这位“潦倒山东七品官”的十二年俗吏生涯就这样走到了尽头。

其实，和郑板桥一样无法逃脱同样命运的还有那一伙被后人尊为“扬州八怪”的晚清书画奇才们。“扬州八怪”的这批书画疯子们，要么就是无论将手中的狼毫怎样挥舞，即便使尽了吃奶的力气，卖弄炫耀他们的满腹经纶，也不能敲开官场的大门，结果终身怀才不遇；要么就是走上仕途也没有一个不是和郑板桥一样，当了个受罪的七品芝麻官，最后又被强加上莫须有的罪名而罢免，到头来还是一生穷困潦倒。同是江苏兴化人的李鱓在乾隆三年出任山东藤县知县，在“两革功名一贬官”之后流浪到扬州卖画为生；山东胶州人高风翰在绩溪县令位上“以忤大吏罢归”，罢官后流寓扬州；江苏南通人李方膺曾经出任山东兰山知县，因为得罪上司而被捕入狱，获释复官后任安徽潜山、合肥知县，仍不善逢迎而再度获罪罢官，最终寓居南京来往于扬州卖画终了残生。由此可见，在中国这个官本位为轴心的统治体制的国度里，大凡千锤百炼成为爱憎分明的文艺精英，恐怕无一幸免地逃脱不了这个悲惨的宿命。

正当郑板桥和扬州八怪们纷纷落马、先后革职时，寓居扬州的《儒林外史》的作者吴敬梓在贫病交加之中死去，而这一年的欧洲各地的文化精英们却掀起了科技革命的浪潮。英国文化人、牛津大学毕业的“进士”布莱克提出了为量热学奠定基础的潜热概念；意大利文化人、毕业于波洛尼亚大学的“举人”莫尔加尼发表了《疾病的位置与病因》，将疾病概念深化到病理层次；瑞典文化人、物理学“进士”克朗斯塔特分离出金属镍；荷兰的居赖于、穆申布鲁克与德国的克莱斯特三位“秀才”分别发明了最早的电容器；英国文化人、化学博士罗巴克在伯明翰建成全球第一个铅室法硫酸厂。由此可见，中国封建文人的读书做官与西方文人的科学兴国，这两种东西方社会巨大的反差，表现了东西方文化人完全不同的价值取向。

二

不要以为“扬州八怪”生来就是一身傲骨，狂妄怪异，放荡不羁，视权贵如粪土；不要以为郑板桥生来就是傲骨铮铮，坚守清贫，就是中国古代知识分子的道德楷模。恰恰相反，这批文艺精英的早年没有一个不想当官的。其实，在中国这个封建科举制度长达一千多年的历史之中，文化人要想实现“修身齐家治国平天下”的宏愿，唯一的渠道就是读书做官。所以，科考会异常火爆，一个有权有势的官位会有成千上万举人去争夺。所以，你就会理解那些生活在封建社会里的“扬州八怪”们也就更是无法摆脱官场的诱惑了。这也就自然而然地出现了郑板桥三次进京去拉关系走后门的丑闻。

作为兴化“文艺青年”的郑板桥家境贫寒，先是教书为生，后来又去卖画。但他在清贫之中仍然希望有朝一日实现“修齐治平”的封建文人的宏伟理想。因此，他发奋苦读，先后考上了康熙秀才、雍正举人、乾隆进士。他原以为自己有了“文凭”就能当官了，因此在穿上“博士袍”时春风得意地说：“我亦终葵称进士，相随丹桂状元郎。”可见他此时得意之极大有忘形之势了。

然而，此时的郑板桥已经四十六岁了，有了“高学历”也不等于就能当上官，郑板桥只得怀揣着进士的“学历证书”回家候补。这一等就是六年之久！他等到了五十二岁！

怎么办？自己已经到了退居二线的年龄了，难道就这样再苦苦地等下去吗？郑板桥没有那么傻。郑板桥第一次进京跑官无功而返后，他对自己的人生哲学进行了全面地反思。从此，他一反常态开始频频巴结达官权贵、巨富名流。由于当时的扬州处于江南商业中心，不仅巨富云集，而且高官极多。而兴化离扬州只有几十里水路，郑板桥抢抓这个得天独厚的机遇，长期寓居扬州，煞费苦心地寻找机会结识了淮南盐运使卢贝曾。于是，为了拍卢大人的马屁，郑板桥写下了一大批谄媚之作，如《读昌黎上宰相书因呈执政》《上江南大方伯晏老夫子》《谢大中丞尹年伯赠帛》《送都转运卢公》等，肉麻之至地将卢贝曾比作李白、杜甫，从而赢得了卢贝曾的青睐。然而，恐怕是郑板桥官运未至，正当他踌躇满志，走路都能带小跑的时候，不想那卢贝曾自己却因为江南盐政案而被皇上斩立决！郑板桥几年的拍马成果一下子付之东流。他看走了眼，跟错了人！

郑板桥在两次跑官失败之后，再一次冷静地进行了总结和反思，因此他于乾隆六年第三次进京时，给自己制定了十分明确的目标：主攻皇亲国戚！他通过法海寺的和尚仁公上人的引荐认识了慎郡王。仁公上人在为他出谋划策时说，大清皇权内部斗争异常激烈，千万不可再投错了门子，跟错了人，站错了队。慎郡王这位二十一太子是乾隆皇帝这一派的，乾隆刚即位就封他为郡王。可见这慎郡王是个可以攀附、可以利用的大后台、大靠山，更何况这慎郡王还是一位书画高手！郑板桥听了欣喜若狂地说，这回恐怕该是我郑板桥官运亨通的时候了！

按照仁公上人的锦囊妙计，郑板桥这一天沐浴更衣赴郡王府拜访，果然受到了慎郡王最高规格的接待。郑板桥坐在王爷府的雕花太师椅上居然不敢动筷子！一直到慎郡王脱掉外衣亲自割肉给郑板桥享用，他这才伸出颤抖的双手接过肉块，用牙齿在肉皮上狠狠地咬了一大口。郑板桥活了五十二岁，哪里吃过这样的美食？他见慎郡王如此平易近人，也就情不自禁地放肆地狼吞虎咽起来。不一会儿，他就吃得满身大汗，眼泪鼻涕口水也一下子奔涌而出。酒过三巡之后，慎郡王提出要让郑板桥为他的两本诗集编校作序。郑板桥大大地受宠若惊，感动得涌出两行热泪。他连忙起身一边打着饱嗝一边下跪说道："王爷，万万使不得，学生只能作跋，哪有作序之资格！"一代大文豪在权贵面前将奴颜卑骨表现得如此淋漓尽致。

就这样被郑板桥的马屁拍得头脑晕乎乎的慎郡王一时高兴，第二天就把郑板桥放到山东的范县当了个县令。为了感激慎郡王的再造之恩，郑板桥不仅张罗着为郡王编刻那两本诗集，而且还为之撰写跋文，在文中奉承赞美这位二十多岁的郡王的文才完全可与杜甫、韩愈、王维、杜牧、韦应物相提并论。

这一次，郑板桥终于尝到了拍马献媚给自己带来的好处，因此在当上了七品芝麻官以后的十二年时光里，拍马溜须的功夫也没有舍得全丢，时不时地露上一手。1748年，大学士高斌这位皇亲国戚和都御使刘统勋去山东放粮，郑板桥瞄准这个机会，一路相随鞍前马后，一下子写下了几十首赞美诗，讨好巴结这两位钦差。他后来果然通过高斌的这一层关系，在这一年乾隆皇帝南巡山东时，当上了书画史，参与筹备迎驾。皇帝老儿给他一点点颜色，他就扬扬自得起来，开起染坊。从此，他常常以此为豪，并且专门为自己镌刻了一枚印章，上面写着“乾隆御书画史”的大字，四处题印，作为自己最大的炫耀资本。

三

然而，郑板桥就是郑板桥，和那些封建社会的大大小小的官僚就是不一样，他低三下四地巴结讨好达官贵人当上县令之后，不是去鱼肉百姓，不是去横行乡里，不是去敲诈勒索，而是去身体力行他的治国平天下的理想抱负。如果遇到了百姓的利益和上司的权威之间出现了矛盾，他还会一反过去趋炎附势的常态，与权贵们公开叫板！这使得郑板桥摇身一变而成了和古代的包拯、海瑞一样的清官，这或许就是郑板桥之怪吧？

其实，郑板桥在官场上还很幼稚，他以为当官都是终身制，当上去就撸不下来了，岂不知能上能下的道理。这也就预示着他的政治生命的软弱和短暂。郑板桥常常把他的那枚“乾隆御书画史”的大印拿出来吓唬人，结果只能赢得文人的羡慕和百姓的敬畏，可是那些贪官污吏没有一个买他的账。“乾隆御书画史”只不过是当年乾隆皇帝赴山东考察调研筹备小组的成员而已，那筹备小组又是个临时机构，无权无势，有点儿大人吓唬小孩儿的意思，郑板桥打着这个旗号，如果遇到了实质性问题就自然而然地会露馅的，结果也正是如此。

乾隆十七年夏天，潍县发生了百年未遇的特大洪水，海水从白浪河倒灌进来，使全县几十万亩夏粮全部绝收。到了七、八月份，又连续干旱，一连两个月不下雨。气温太高，瘟疫又起，人畜病死无数。全县境内有几万灾民无家可归，外出逃荒。一时间，灾民载道，饿殍遍野。郑板桥的《逃荒行》反映了这一悲惨景象：十日卖一儿，五日卖一妇……道旁见遗婴，怜拾置担釜；卖尽自家儿，反为他人抚。可郑板桥上报灾情请求赈灾的折子迟迟没有回音，他只得责令本县富户轮流在县衙门前开设粥厂供灾民糊口，他又发动官员带头捐款，自己把准备寄回兴化老家给儿子看病的银两全部捐献出来。可所有这些根本不能解决问题，灾民仍然像潮水一般向县城涌来。粥厂已经是杯水车薪，后来又出现了灾民聚众哄抢粮食事件，许多灾民被迫铤而走险。

情况已是万分危急，郑板桥十万火急地把灾情向府衙汇报，建议先斩后奏，打开官仓放粮，可知府大人坚决不准，并且警告郑板桥要慎重从事，要和朝廷保持高度一致，否则按照大清律法，没有上级批准而私自打开官仓的要处以极刑！而这时灾民们已经把树皮啃光，郑板桥面对着这种惨况泪流满面地说：“恨不得填满普天饥债。”说完擅自命令打开官仓借粮给灾民应急，并且对下属们说：“再等朝廷批文下来，百姓早就饿死了，这个责任由我一人承担，决不连累你们！”知府得知这一情况后勃然大怒，大骂郑板桥目空一切，自以为当过几天乾隆御书画史，就不知天多高地多厚了，连知府都不放在眼里！最后给郑板桥罗织了目无上级、违反律法和开仓放粮、账目不清等罪名而革职为民。

祸不单行，就在郑板桥被革职的同时，他收到小儿子病死在兴化老家的噩耗。他的大儿子早已夭折，现在小儿子没有等到他寄回去的钱，没能及时医治而过早地死去了。老年丧子之痛，白发人送黑发人之悲，一下子涌上心头，六十四岁的郑板桥一手拿着报丧的家书，一手拿着免职的通知，老泪纵横、呼天抢地地哭道："我救了那么多的灾民，为什么老天爷非得让我断子绝孙！老天爷对我郑板桥真是太不公平了！"哭罢晕倒在兰竹之间。

他的那幅《兰竹图》就是他此时情感的真实写照。翠竹几竿、芳兰数丛、乱石一壁，表现出郑板桥失去爱子的极度悲伤和失去官职的无限愤恨。那淡淡皴染而成的巨石突现了郑板桥峭拔凌厉的个性气势；那粗细相间的翠竹，迎风摇曳，细致坚韧，流露出郑板桥苍凉孤苦的人生悲哀；那疏密成致的兰草，在竹石之间恣意穿插，那就是郑板桥清高品德的水墨表达。而一直回响荡漾在兰竹之间的就是郑板桥失去官职、失去爱子之后的悲痛呐喊。郑板桥蘸着怀才不遇坎坷一生的心血，蘸着失去爱子悲痛欲绝的泪水，用大清王朝的黑暗官场作背景，挥毫疾书，奋笔作画，一笔笔渲染出大清王朝文化精英们人生归宿的无限悲哀。

一笔孤竹写清苦，一笔兰草书悲伤，一笔乱石画凄凉。就这样，郑板桥当了十二年的穷县令，到头来无限悲伤地离开了潍县。他的那首《潍县署中画竹呈年伯包大中丞》中写道："衙斋卧听萧萧竹，疑是民间疾苦声；些小吾曹州县吏，一枝一叶总关情。"就是他为官十二年始终关注民生的一篇最好的工作总结。

郑板桥就是这样以他独特的个性重走了一遍中国封建文化精英们早已走过千百遍的读书做官、被贬罢黜、归隐田园的老路。

四

我们姑且把郑板桥说成是跑官要官的官迷，可他一心当官的目的不是以权谋私，不是贪污受贿，而是把跑来要来的官职当作为民做主、和贪官污吏公开叫板的平台。这种一边遭受世人评诟贬驳，一边又清正廉洁、刚直不阿，完全把一切委屈深藏在心底的怪事，的确只有郑板桥才能做得出来。而正是郑板桥这种怪异的为人做派，加上他在文艺创作中表现出的独特的艺术风骨，才成就了他的大清朝诗书画“三绝奇才”的艺术盛名。

郑板桥罢官回到江苏兴化老家后穷困潦倒、一贫如洗，过着“两袖空空、逢人卖竹”的生活。他在一幅画竹的题诗上这样写道：宦海归来两袖空，逢人卖竹画清风。还愁口说无凭据，暗里赃私遍鲁东。他六十六岁时二女儿出嫁，无钱为女儿办嫁妆，只是为女儿画了一幅《兰竹石图》，还题了一首诗：官罢囊空两袖寒，聊凭卖画佐朝餐。最惭无隐奁钱簿，赠尔春风几笔兰。此诗心情沉重地写出了他罢官之后两袖清寒而无钱为女儿置办嫁妆的惭愧。

当然，郑板桥作为“扬州八怪”之领军人物，自有他的人格独到之处。他面对现实，随遇而安。他住的只是茅屋两间，和城市贫民没有什么两样。一个乾隆进士，当了十二年县令的社会名流在这样的处境里居然也能坦然接受，确实难能可贵。在《题雨后新篁图屏风》一文中，他这样描写：余家有茅屋二间，南面种竹。夏日新篁初放，绿荫照人，置一小榻其中，甚凉适也。秋冬之际，取围屏骨子，断去两头，横安以为窗棂，再用匀薄洁白之纸糊之。风和日暖，冻蝇飞出，冻蝇触窗纸上，冬冬作小鼓声，于是一片竹影零乱，岂非天然图画乎！凡吾画竹无所师承，多得于纸窗粉壁、日光月影中耳。这两间茅屋对于郑板桥而言，简直就是一块风光无限的艺术圣地。

我觉得罢官固穷使郑板桥不得不以卖画为生，不得不把书画作为自己唯一的生存方式，生活逼迫他向艺术的高峰不停地攀登。所以，从这个意义上说，郑板桥的罢官倒是中国文艺发展史上的一大幸事，大清朝少了一个受罪的潍县县令，却多了一个名震华夏的“诗书画三绝”的伟大艺术家。相反，我们假设郑板桥真的能够官运亨通，从潍县县令这个位置上一级一级地爬上去，最后当上一品大员，那么他就决不会再有兴趣去痴迷书画研究书画了，也就不可能出现“扬州八怪”的领军人物的郑板桥了，郑板桥的名字也就不可能流芳百世。再然而，如果郑板桥不是生活在中国封建官本位体制里，生来就不会受到官本位的思想影响和禁锢，他就会把全部青春才华投放到诗书画的事业中去，那么他的艺术成就又何止如此？从这个意义上来说，郑板桥，以及“扬州八怪”和中国所有的文化精英们，确实又是一种无法逃避的人生悲哀。

1765年，郑板桥七十三岁，是他生命的最后一年。他的遗作是《修竹新篁图轴》。在这幅画上他题诗道：两枝修竹出重霄，几叶新篁倒挂梢；本是同根复同气，有何卑下有何高。诗书画之间洋溢出来的似乎是参透人生、看破红尘、难得糊涂的飘逸超脱。但是，只要你仔细品咂一番，就会发现郑板桥这临终绝笔里十分明显地还对地位、官品的卑高耿耿于怀，对封建官僚等级制度到死也不能放下。此前，他在扬州曾和黄慎、沈凡民等书画家各携百钱作“永日欢”，在座的有一位叫程锦庄，他就是客居扬州的吴敬梓所写的《儒林外史》中的纪君的人物原型。郑板桥和他谈起科考弊端和官场腐败时说：“千百年来生员士子深受读书做官的毒害而全然忘了农商之本。”

由此可见，通过这句“有何卑下有何高”的绝命诗，郑板桥真的是想呐喊出中国文化精英们千百年来因封建官本位制度而造成的精神压抑和灵魂苦痛。郑板桥用他一辈子的宦海沉浮和艺海搏击的人生经历，总算看清了中国一千余年的官本位体制对文化人的误导。他一直到临死才一眼看清他生前的千年事，然而为时已晚。

而就在郑板桥去世的同时，欧洲的文化精英们通过科技进步给经济发展带来了具有划时代意义的大变革，英国文人、物理学“进士”哈格里夫斯发明了珍妮纺纱机，标志着英国工业革命的开始；英国自学成才的“土秀才”瓦特发明了蒸汽机，促使西方国家出现了第一次工业技术革命。而进入18世纪的中国文化精英们仍然像郑板桥那样为读书做官而仰天长叹！

郑板桥凄凉地蜷曲在乾隆盛世的晚景里，两只眼睛放射出能够穿透历史的最后光泽，口中呼吸着生命残存的游丝，最终默诵着这句“有何卑下有何高”的封笔诗之后，悄然闭上了他那睿智的双眼。他那绝命的思维快速地掠过一千年的跨度，然后将中国文化精英们的终极理想撕碎，也把那大清王朝的康乾盛世撕碎，一片一片地洒落在他用七十三年时间走过的颠簸坎坷的人生路上。

一路纸钱飘零就是遣散他奔波的灵魂，一路挽幛翻舞就是嘘飞他悲愤的思想，一路悲歌长鸣就是吹灭他凄惨的精灵。

浮华不会随风而去

一

黄昏，秋风，落叶飘飘；斜阳，古桥，秋水萧萧。

清宴园是大清皇族风韵犹存的遗孀，百般落寞地斜躺在大运河边的淮安城。

她伫立在这晚秋的气氛里，肯定在凭栏长叹，肯定在叹“故国不堪回首月明中”，肯定在叹“春花秋月何时了，往事知多少”，肯定只想起二百多年前那一场场歌舞升平的皇家盛宴。她肯定忘记了在淮安设立江南河道总督府的目的是治理黄河夺淮后给运河带来的水患。

蔷薇园、淮香堂、今雨轩，清宴园的每一处江淮美景，全都残留着二百多年前淮扬菜的遗风；蕉吟馆、荷芳院、紫叶园，每一处亭台楼阁全都落满了淮扬菜的余味；回廊、水榭、船楼、曲桥，每一道清澈流水全都漂荡着淮扬菜的残香。这座出身名门的清宴园就是为皇亲国戚而生，就是为声色犬马而生，就是为色香味俱佳的淮扬菜而生。那座用太湖石垒积而成的玉妃山就是当年乾隆皇帝六下江南时大摆御宴的屏风，方圆几十亩碧波荡漾的荷花池就是君臣同乐的海洋，经九曲玉桥通往湖心的湛亭里摆放的石桌，就是大清皇上与爱妃同饮的御宴。在这里君臣人等似乎早已忘记了来江南的目的是为了视察水患的治理。

二百多年前，乾隆皇帝前呼后拥、浩浩荡荡地摆驾清宴园，端坐在湛亭里的石桌上，一边品尝着满汉全席，一边欣赏着杨柳岸边的轻歌曼舞。淮香堂回廊里，满汉文武大臣站在那儿恭候着。主持江南治理水患全面工作的江南河道总督高斌，心里七上八下地站在最前排，不知自己的这位皇帝女婿这次来江南，会怎样考核自己的治水成绩，或是查出什么样的腐败大案来。他听到一位太监尖声尖气地宣读皇帝的口谕，对自己的这桌淮扬菜大加称赞，连声说菜做得好，满汉全席这个名字更好，表现出我大清王朝的大好形势。高斌听到皇上对自己的口头表扬，心里的一块石头终于落了地，扑通一声双膝落地，他身后的文武官员全都随之跪倒山呼万岁。

明清时期，淮安因为黄河、淮河、大运河在这里交汇的特殊地理位置，成为全国漕运指挥、河道治理、漕船制造、漕粮储备的中心，主管国家赋粮储运与治水保运的两大政府机关——漕运总督署、河道总督署以及直属数十个司道衙门，陆续驻节淮安，从而使淮安出现了延续四百年的畸形繁华。康熙乾隆二帝十多次下江南巡视治水等工作，每次必经淮安的江南河道总督府，而作为府署后园的清宴园也就每每变成接驾的行宫，河督们为了迎接圣驾一次又一次地扩建清宴园，也就使这座官署园林成为“淮上园林以河帅署中为最。池广数亩，叠石为峰。有荷芳书屋、听莺处、恬波楼，颇极水木之胜”，成为举办皇家盛宴的“江淮第一园”。

清朝为了确保大运河的畅通，投入治理苏北运河、淮河、洪泽湖水患的经费之巨历史罕见，江南河道总督每年从国库里领取六百至一千万两的白银用于河务治水，其实真正用于治水的仅占三分之一，而三分之二被贪污行贿、吃喝挥霍了。从乾隆中期一直到道光末年的一百年中，就挪占了治水的专项经费三亿两用于大吃大喝，贪墨与吃喝也就直接阻碍了苏北水患的治理。而同在淮安的漕运总督也不甘落后，与河道总督你邀我请，你来我往，争奇斗法，“脂膏流于街衢，珍异集于胡越”，淮安各大官署衙门的厨师们也求新求异，也就创造出了河、漕二总督的官署菜。

恐怕今天的人们谁也没有想到，雍容华贵的淮扬菜产生的原因之一，居然是对水患的治理，恐怕谁也没有留心淮扬菜与淮河、运河、洪泽湖一样全都带着三点水，恐怕谁也更没有想到淮扬菜姓水。

二

一排正在落叶的古柳搀扶着秋天，歪歪扭扭地在碑廊边站立成伤感的风景，一片片金黄色树叶沿着缓慢而忧伤的节奏，飘落在一块块残碑断石之间，每一块头顶着龙雕脚踏着龟甲的御碑，全都落满了昔日帝王恩宠的余晖。这些残缺不全的御碑上皇帝钦题的宫阁体大字，依旧气度非凡地站立在清宴园的碑廊之间，它们在默默地向后人诉说那一段段辉煌显赫的人生。

清宴园是我国一座保存完好的府署园林，明代原为户部分司的后园，始建于明永乐十五年（1417年），保存至今已有六百年的历史了。

康熙六次下江南，乾隆六次下江南，都无一例外地临幸这座清宴园，为清宴园留下了十多块钦赐御碑。再加上其他皇帝的御题，整个清宴园的御碑多达二十三块。我从那块单独敬奉于碑亭之下的康熙皇帝钦题“淡泊宁静”的巨碑上，看出了什么是皇家气派，什么是九五至尊，那右上部康熙皇帝用小楷亲书“赐兵部尚书兼都察院右都御史总督可首”，在左下方又用小楷写下“康熙四十三年三月十日”的落款，整个御碑题字工稳大气，笔力遒劲，再加上石碑高达二点二八米，这一切都彰显出唯我独尊的皇家霸气。

是的，那乾隆御赐的“绩奏安澜”碑的斑驳陆离，那乾隆七言诗碑底座的弯丝祥图雕刻，那乾隆御赐寿辰碑的风化苍老，那乾隆御赐懋安碑的断裂破损，那乾隆御赐保障碑的残缺不全，那乾隆御赐白钟山碑最后“御笔”二字的皇家风范，那乾隆御赐江南总督李奉翰碑行书的气度，那道光御赐黎世序碑的雕龙腾云，还有那光绪御赐“旌念节孝”的碑首镌刻篆字“圣旨”，全都在无声地炫耀着清宴园昔日无与伦比的辉煌。

每一块御碑都是清宴园的一块金字招牌，每一块御碑都是清宴园贵族身份的一种象征。试问在偌大的中国有哪一座园林，能够拥有如此众多的皇帝钦赐的文碑？在中国这样的皇权制度统治了两千多年的封建社会里，清宴园就足以身价百倍了。

然而，清宴园就像一座孤岛，被苏北的一片浩瀚无边的洪水团团包围着，清宴园的奢华漂浮在苏北的一片洪荒之中。城里是奢侈之极的清宴园，城外是流离失所、无家可归的苏北灾民；城里是挥金如土的淮扬菜，城外是仅离三十公里的那座悬在地面之上随时都可能决堤成灾的洪泽湖；城里是官府公款消费促成的都市繁华，城外是赤地千里、饿殍载道的黄泛区。

这样的对比与反衬，构成了一个变态的苏北、一个畸形的苏北。

这是南宋变态社会的一种延续，也是封建皇权发展的一个必然，也正是这个原因导致了扬州菜的形成。扬州为两淮盐运使驻节之地，“天下盐利淮为大”，正是两淮盐业总督的驻节，使扬州成了当时淮南、淮北两大盐场所产淮盐的集散地，各地的盐商蜂拥而至。富甲天下的盐商们千方百计延揽名厨，穷搜天下奇珍异品，别出心裁地以稀有之味，满足极度奢靡的饮食之乐，以豪宴美食竞奢斗富，从而创造出了两淮盐商的私家菜。有人说就是在这种畸形的繁华里，扬州的两淮盐商私家菜和淮安的河、漕两总督的官署菜相互融合，淮扬菜作为一种庞大的菜系因此而诞生了。

据清人袁枚的《新齐谐》记载，清代康熙年间，肩负治水重任的河道总督赵世显，与肩负里运河治水重任的同知张灏二人斗富，张灏请赵世显饮酒，在树林中张灯六千盏，高高下下，如银河错落。半个月后，赵世显回请张灏，等到开宴，只听一声“张灯”，“刹那间飒然有声，万盏齐明，光焰明亮，张灏大惭”。赵总督的宴席更是让张同知自愧不如。赵总督吃的菜很奇特也很残忍。像这样的“极端”淮扬菜和这座超豪华清宴园，就是这样变成了封建皇权变态本性和淮安城市畸形繁华的文化符号。

根据台湾地区清史专家高阳等人考证，“极品”的满汉全席就是诞生于淮安的这座清宴园。据记载这种“极品”的满汉全席烹饪品种如活食猴脑、剜驼峰等，一共有一百〇八道之多，几乎全是奇特而残忍之作。《庸庵笔记》言，当时的“极品”满汉全席一桌菜就要花费上万两白银。乾隆后来听说自己表扬过的“极品”满汉全席竟是如此的高消费，立马龙颜不悦，自己来江南，是深入基层指导治理水患、漕运和反贪工作的，怎么能浪费公款呢？早就有人给高斌传去消息，高斌赶紧按照规定标准执行。他先上了蒲菜炒肉、钦工肉圆和一道平桥豆腐汤，最后看皇上吃得心情舒畅，也就上了一道炙鹅掌。这道菜端上桌来，看上去没有什么特别，吃起来又香又嫩，口味极佳。这样艰苦朴素、清正廉洁的作秀，又一次赢得了皇上女婿的通报表彰，年近七旬的高总督得意扬扬。

试想《红楼梦》里的大观园接驾了一次皇贵妃就搞得那样的耀眼显摆，而眼前的这座清宴园十多次接驾当朝圣上，又是何等的无上荣光？再加上皇帝还欣然御赐这几十块碑文，又是何等的辉煌荣耀呀？这真是荣幸到了极致，奢华到了极致，排场到了极致，也变态到了极致！

三

玉妃山是一座温柔无比的假山，那群太湖美人般的玉石故作许多曼妙的姿态，摆出千奇百态的造型，气韵非凡、层峦叠嶂地耸立在清宴园的入口处。我想她肯定就是清宴园如花似锦的玉屏了。这座巨大玉屏的肤色已经被时间慢慢地风化斑驳，几百年的风雨早已磨滑了她脸上所有的棱角。我看到时光在假山底下穿行了几百年，甚至听到了时光穿行时发出的轻微而艰难的喘息。

伫立在玉妃山的石径之间，我能听到从她那如花一般美丽的玉体内，发出的延续了几百年的长叹，这肯定是一个没落贵族对自己身世的喟然叹息。我推想她是叹韶华已逝，岁月最是无情物，叹门庭冷落，昔日的显赫已被雨打风吹去吧。

那片秋天的气味笼罩着用洁白如玉的石头建构的花一般的三维空间，犹如贵妇玉体散发的清香，令无数朵白牡丹般的太湖石叠加而成的假山的骨髓里，浸透了无上高贵而又无边忧愁的内蕴。高达数丈的假山上与蓝天相接，下与湖水相连。山间长满青藤、花草、绿树，她们想将一季秋色怀中独揽，山下湖水涟漪，荷花、莲蓬、香蒲，荡漾出一湖秋景。为此，林则徐在道光二年到淮安出任淮扬道时曾写过一副名联：秋从天上至，水由地中行。林则徐确是楹联高手，对清宴园的这座玉妃山仅仅用了十二个字就道出她的全部征候了。人造的山水成就了一幅江南风景，似水的忧愁和无尽的长叹，便依偎在这幅江南风景里的山石之间袅袅婷婷了。这是一座女性的山，阴柔的山，江南女子般的山。

当然，我从清宴园假山身上读出的远远不止于此，我还读出了她与苏州、扬州园林明显不同的风格和完全不同的气质。因为就在玉妃山之南数十丈远，还有一座全身红黄、巍峨高大的皇石山。他是采用太行山石料堆积而成，满身通红，粗犷豪放，大义凛然，独具君临天下的威仪，更具大气磅礴的气概。同一座园林内的两座假山，一南一北，一阴一阳，一柔一刚，和谐共处，相映得彰，这便是淮安园林南北兼容、阴阳合一的个性特征了，因而以和谐兼容为特征的满汉全席经常在这座清宴园里烹饪，也就是顺理成章的事情了。

中庸是清宴园这座园林的品格，也是淮扬菜这个菜系的品格。当然，也正是这种品格，创造了淮扬菜中和至美的内涵，使淮扬菜既有南方菜的鲜脆嫩清，又有北方菜的咸色浓郁，最终形成了甜咸适中、咸中微甜的庞大菜系。因此，清宴园和淮扬菜就是一对孪生姐妹，清宴园是住的艺术，淮扬菜是吃的艺术，淮扬菜的特色成就了清宴园的风格，清宴园的造型表达出淮扬菜的内涵。

我在清宴园那两座各具南北风格的假山之间，看到一座三十多亩的中庸大度的荷花池。那碧波荡漾的湖里有无数条南方的鱼和无数条北方的鱼，混淆掺杂，平和嬉戏。它们一边逍遥漫游，一边窃窃私语。它们肯定是在喟叹这座园林里两座假山的刚柔相济，也肯定是在无语地享受这淮扬菜的中庸和美吧?

四

我每次来清宴园走到大堂时，总是为这座曾经盛极一时的江南河道总督府署深深地叹息，因为现在这座高大的总督府署连大门都没有了，大堂前面早已盖起了几座住宅楼，弄得想进清宴园的人必须走后门，游人从后门进来由后向前行走，最后方能见到这两座本来应是龙首现在却变作蛇尾的河道总督府署，大堂二堂反而变成了大户人家闺房似的，深藏到这最隐秘的地方了，哪里还能看出当年总督不可一世的气派？这真可谓物是人非、今非昔比了。

天下没有不散的筵席，哪怕是中华历史上最为丰盛的大清御宴。1831年朝廷宣布实施“盐纲改票”使淮安的盐商纷纷破产；1855年黄河北徙，运河淤浅，漕粮不得不改由海运，使淮安又失去了全国交通枢纽的地位；1860年捻军攻占淮安，“广厦万千，毁之一炬”；这一年清朝政府又撤并了江南河道总督署，从此淮安的地位一落千丈，终于使清宴园里“银铸的食府流水的席”人去楼空，清宴园从此变得门庭冷落鞍马稀，几百年的封建畸形繁华从此烟消云散，几百年的历史盛宴从此席终人去。

原本驻节淮安府山阳县的漕运总督府署迁到了清宴园，新任漕督吴棠首先面临着经费的紧张，不得不以收取滩租等维持正常办公开销，然后又做出一项招待费节支改革的决定：不准远购奇珍异味，唯以淮产常品飨客。让吴总督没有想到的是，他的这一改革对“淮菜”体系的最终完善产生了重大的影响。

清同治初，淮安的经济、政治地位已今非昔比，但崇尚美食和厨艺的古风民俗仍在，使许多原在衙署献艺的官厨为了谋生，或屈就于“穷”衙门，或受雇于官商富家，或掌勺于名楼酒店，或自己执业开菜馆。无论在何处，“刻意求新宿志不改，争奇斗妍积习难除”。众多美食家与他们倾心结交，其中不乏高才雅士、医药名家，共同切磋，探索人间“至味”，使淮扬菜终于走过了由豪奢化、贵族化回归乡土的艰难历程。

因水而兴，随水而去，淮扬菜和清宴园重走了一遍苏北由盛而衰的人生。淮扬菜从此退出了清宴园而走向民间，清宴园从此迎来了一百多年的落寞时光。然而，作为一种文化现象的淮扬菜，并没有退出中国的社会舞台，淮扬菜像洗尽铅华的一代名媛，从官府深院向民间款款走来，摇身一变成了寻常百姓家的厨娘。

这时，我听到一曲老淮调悲悲戚戚、一唱三叹地从水榭歌台上扩散开来，悲叹的音符在河道总督府大堂的西山墙上碰了壁，撞倒了坠落在满是枯叶的石板路上，这群悲伤的音符便与那批寂寞的枯叶一起盘旋而起，将这两座高大巍峨的古代府署层层叠叠地笼罩起来。

大堂二堂是当年总督开会办公的地方，严格按照正部级规制建造，高大气派，威武庄严，远非一般州府能及。大堂的正南大门上方高悬着江南河道总督府署的门匾，可想而知这里的当年是何等的盛况了，那时河督升堂时肯定是门庭若市，威武壮观，一般平头百姓哪里能踏入半步？恐怕就连七品县官想跨进这座府署的大门都要小腿肚直打哆嗦吧？而眼下的大堂内外空无一人，门可罗雀，连一个游客都没有。那门前两尊巨大的石狮梳着当下流行的卷发，高高地端坐在那里发呆，早已失去了往日的威严。府署冷清得让我能听到如血的残阳斜射进来时，发出的轻微而疼痛的声响。

清宴园是一座落寞的园林，一座生活在回忆之中的园林。园中的所有花草树木像是一下子清减了小腰围似的思妇，高贵、颀长、清瘦，悲戚戚地伫立在方圆几十顷的园林之中。一曲清冷幽怨的老淮调从大堂二堂的方向传播而来，无数落寞的音符便落满了凄凉的园林。

就这样这座园林在凄楚的回忆之中入梦，历史也就在清宴园里睡着了，发出轻轻的鼾声，而淮扬菜所蕴含的文化却始终无法入眠。

血写桃花

一

孔尚任先生给我们后人演绎的爱情传奇《桃花扇》，之所以能够三百年经久不衰，不仅仅因为李香君对侯方域的爱情故事感天动地，更因为它是对那些古代文人永远无法挣脱的“徘徊情结”的深度表现。我们完全可以说，李香君宁死不嫁、以头触桌、血溅诗扇的忠贞，就是对那些古代文人深藏于骨髓深处的“徘徊情结”的最成功的艺术对比和最鲜明的形象反衬。

那天傍晚，我就是带着对《桃花扇》的这种评价，借着昏暗的余晖，沿着孔林那条被阴森杂乱的灌木掩映的小道，踩着被萧瑟秋风刮得四处飞扬的枯叶，想寻找埋在孔林墓群一隅的孔尚任墓，想聆听三百年前孔先生给我们后人演绎的悲剧传奇。然而寻了又寻，找了又找，就是没能找着，反而又走到了已经拜谒过无数次的孔老夫子的高大墓前。

此时此刻，我忽然觉得自己是在官场与文坛之间查找，在情场与仕途之间寻觅，在专制与自由之间盘桓，在显贵与清贫之间追问了。

二

中国古代文化名人几乎全都徘徊于官场与文坛之间。读书做官、光宗耀祖早已深入古代许多文化人的骨髓。作为孔夫子的六十四代孙的孔尚任更是如此。穷困潦倒、屡试不第的他终于受到祖先的恩泽，在康熙二十三年南巡途经曲阜时，被荐为皇上讲经，从而受到了皇上的赏识，破格录用入京为国子监博士，从此开始了十六年的官场生涯。从孔尚任一朝为官而欣喜若狂、春风得意的言行上，我们就可以看出他对仕途是何等的痴迷。

亲瞻龙颜，让他欣喜若狂、心花怒放；为君讲经，更让他踌躇满志、春风得意！他兴奋得三天三夜没能合眼。他躺在床上辗转反侧，憧憬着被皇上宠幸的荣耀，畅想着升官发财的美梦。他又想到自己三十一岁赴济南参加乡试名落孙山，三十四岁在世人耻笑声中卖尽田产，买了个国子监生的功名，当时自己的心情是多么可悲、可叹、可笑啊！正如他在给他的亲家颜光敏的信中所写的那样：“弟近况支离可笑，尽曲负廓田，纳一国子监生，倒行逆施，不足为外人道也。”然而，就在他几近心灰意冷之际，命运却让他一举成名，一跃而成为世人景仰的国子监博士！

孔尚任从一个国子监生一下子变成国子监博士的狂喜程度肯定是你我都无法想象的。他觉得龙恩浩荡，他简直感激涕零。他在《出山异数记》一文中写道：君臣于父子，一日之间三问臣年，真不世之遭逢也。当他翌年二月高高地站在京城的讲坛之上，看着环绕四周的三百多八旗子弟，虔诚地向自己连拜三拜、怜听自己教诲的时候，你能想象得出他的心里又是怎样的一种淋漓畅快吗？这时有点儿得意忘形的孔尚任简直就有点儿飘飘然了！更何况在康熙二十八年，康熙皇帝第二次南巡，已经被派往淮安治理运河水患的孔尚任恩准迎驾，让孔尚任万万没有想到的是，皇上在众目睽睽之下居然高兴地呼唤着他的名字，并且召他登龙舟、赐御宴！当天晚上自然又是彻夜未眠，他一手抹着盈眶的热泪，一手提笔写下了“撒出琼筵惊两岸……尚方饼饵非常品……最是光辉人队里，龙颜喜顾唤臣名”。比唐代大诗人孟郊的“春风得意马蹄疾，一日看尽长安花”，更意气风发，更豪情万丈。

这种寒窗十年一朝得宠的狂喜心情是可以理解的，因为修身齐家治国平天下是中国文人的人生最高理想，而仕途的腾达正是他们达到这种人生理想的必经之路。当然，正是因为他们是文人，所以比起别的什么人来要多几分酸气。

康熙二十四年七月初，奉命随工部侍郎孙在丰来到淮安，协助疏浚入海水道废黄河的入海口。孔尚任本来期望自己身为朝官，意在为国为民干一番事业，将运河水患治理好，结果却落得个“与渔人为邻，鸥鹭为伍”，使他大失所望。在淮安治水的四年，孔尚任“时有迁客羁宦、浮沉苦海之感”，亲见“河政的险峻反复，官吏的挥霍腐败，人民的痛苦悲号”，故而大发“呻吟疾痛之声”，成诗六百三十余首，后来编为《湖海集》，书名就是来源于他在洪泽湖和运河间的治水经历。孔尚任的这些作品彻底摆脱了他早期应酬、颂圣的写作倾向，比较深切地反映了当时淮安河道以及社会现实的腐败。淮扬一带是明清之际政治军事斗争的重要地区，在这里孔尚任感慨于淮安清江浦河道府的声色犬马，凭吊于扬州梅花岭的史可法衣冠冢，去南京又走访了明故宫明孝陵，还特地到栖霞山白云庵访问了后来被写进《桃花扇》的张瑶星道士。可以说在淮安治水的四年，不仅使孔尚任对现实认识不断深化，而且也是创作《桃花扇》最重要的思想和素材的准备。

四年之后，他被召回京城仍任国子监博士，到了四十八岁已经熬成两鬓花白，皇上似乎把他给忘了。直到这时，他终于感到前途的渺茫，他觉得自己就像一棵又老又黄的荠菜，花开花落无人问津。他的那首七绝《国子监博士厅》正是抒写他心中的这种无奈：雀噪新槐吏散衙，十年毡破二毛加。不知城外春深浅，博士厅前老荠花。十年前的春风得意一扫而光，剩下的只有满脸的皱纹、满头的白发和满身的晦气。他果然在1700年五十五岁那年，只当了两个月的户部广东清吏员外郎就被革职，心灰意冷地回归乡野。他这才猛然醒悟到书房与庙堂之间的道路是多么漫长，在这条路上自己用了大半辈子徘徊犹豫，结果还是一事无成。

三

孔尚任的传奇剧本《桃花扇》用侯方域、李香君的悲欢离合，讲述了国家的兴亡。李香君死前留下遗言："先生当为大明守节，勿事异族，妾于九泉之下会铭记先生的厚爱。"现实中的孔尚任并没有按照文学作品中李香君的遗嘱行事，而是春风得意地当上了大清王朝的国子监博士。

孔尚任通过虚拟的文学世界与真实的现实生活的两相对比，强烈地反衬出像侯方域这样的文化人，在政治上的动摇和对官场的迷恋。这便是孔尚任的自我反省，也是对文化人身上所表现出来的"徘徊情结"的深度发掘。

孔尚任把李香君的淋漓鲜血当作泼墨，去勾画出一朵朵失去故国和失去恩宠的悲愤之花。文学作品里侯方域失去大明故国的惆怅，和现实生活中孔尚任失去皇上恩宠的苦痛完全融为一体。侯方域正是孔尚任的精神化身。就这样孔尚任十六年官场压抑、怀才不遇的郁闷，在文学的天地之间得到了充分的释放，孔尚任的人生得失，化作《桃花扇》中男女主人公的悲欢离合，得以淋漓尽致地发泄。就这样孔尚任十年奋笔、三易其稿，终于完成了这部传世之作。剧本公演之后立即轰动朝野，市井巷议，百官争抄，一时洛阳纸贵，就连皇上都研读再三。

“十六年拙宦而碌碌无为”的孔尚任用心血一句一句地写成了《桃花扇》，就像李香君用她的鲜血点画出一朵又一朵桃花。孔尚任就是饱蘸着从心底滴出的心血挥笔著书的，孔尚任就这样满怀着官场的疲惫回归那阔别了十六年的文坛。十六年宦海沉浮没有造就一代名相，反而造就了一代文豪。而他在淮安治水的四年生活，成就了这个伟大的转折。然而，孔尚任并未因为自己变成了戏剧大师而欣喜若狂，恰恰相反，正因为他的这部《桃花扇》他被贬出京。他因锦绣文章而得宠入仕，也因锦绣文章而被贬革职。

1700年深秋的一天，他雇了一头瘦驴，驮着他的全部家当五大木箱书籍，一步一回头地向着他隐居读书的曲阜走去。秋风残照里，孤雁哀啼中，他沿着中原古道向着人生的最后归宿踟蹰而去。

三百年后的今天，我执着地沿着孔林那群乱坟之间的阡陌苦苦地追寻着孔尚任的最后归宿。一直到天色已晚，我才找到那处寂寞地深埋着一代文豪尸骨的荒丘。我觉得孔尚任不论在生前还是在死后，都沾了孔夫子不少的光。如果今人不是去瞻仰被历代帝王反复加封、官至“大成天圣文宣王”的孔夫子而顺道去看他，恐怕没有多少人会专程来造访这么一介书生的。难怪乎这位大文豪死后的墓碑上，只刻了“奉直大夫户部广东清吏员外郎”一行大字，可见在古人的眼里只有当官的孔尚任，压根儿就没有把他这位戏剧大师放在眼里。

其实，如果不是在淮安治水四年，使他创作出传世名著《桃花扇》，孔尚任这个名字肯定不会为后人熟知，我也就不会去孔林寻找他的这座荒坟了。

沉没在虚拟世界

一

这是一个表现神魔战争的宏大场面，所有格斗厮杀中的武器在这个虚拟的神话空间里，全都变作流光溢彩的点与线。为争取爱情的自由而决一死战的水母娘娘，正是在这点与线组成的虚拟画面中，变成独具苏北色彩的青春偶像。

这个神话故事的场景是三百多年前洪水遍流的虚拟空间，浩瀚千里的洪泽湖上空战云密布，水母娘娘和那青面獠牙的洪真道人，在这个完全虚拟的画面里，展开一场惊天动地的较量。洪真道人手提被虚构成宝物的金钹来收水母，水母娘娘化作一道金光逃去搬兵，很快便率领同样是虚拟的水族兵将来大战洪真道人。洪真道人作起谁也不会弄懂的魔法，并假传玉帝圣旨，招来二郎神、哪吒、四大天王等天兵天将。水母娘娘擂起冲锋的战鼓，随着她的战鼓咚咚响声，洪泽湖涨起象征正义的大潮，这片正义的潮水很快便漫进了湖边的泗州城。这时，天兵天将杀入阵中，双方战成一团。水母娘娘奋力拼杀，但因为没有可以战胜一切的明珠，水母娘娘在刀枪剑戟中险象环生。就在这生死存亡的关键时刻，另一个虚拟的主人公时廷芳，趁着双方混战潜入道观盗回明珠，又不顾自己不会武功，冒死闯进战阵，几经周折，最后冲到战争前沿，将明珠送到水母娘娘的手中。

美丽性感的水母娘娘像敦煌飞天的女神一般，身披长绸，迎风飘飞，双手托起那颗光芒四射的明珠，将洪泽湖上空照得明如昼，一下子使洪真道人的假圣旨现出了原形，天兵天将也纷纷撤阵收兵，洪真道人被生擒活拿，正义从而得到彰显。接着泗州的时太守领导泗州城的四十万百姓，为儿子时廷芳和水母娘娘举行了盛大的婚礼。在这喜庆的乐曲声中，洪泽湖的潮水再次渐渐上升，最终漫过了泗州城。泗州城在欢乐的音乐声中渐渐下沉，变成了一个水国。从此，泗州城的人们终于脱离红尘苦海，在洪泽湖水下享受起了幸福生活，成千上万的百姓在一片欢声笑语中跳起了苏北秧歌，全场顿时锣鼓喧天，一片歌舞升平，洪泽湖的水底世界变成了欢乐的海洋。

这便是淮剧《水漫泗州》给我们虚构的一个神话故事的大结局，苏北的百姓便是在这样的一个虚拟的世界里，享受着幸福安康的大好时光。

其实，水漫泗州的悲惨历史，肯定不可能像这个神话所演绎的这般温情。从南宋建炎二年，杜充掘开黄河大堤到明代万历以前，黄河洪水从淮北平原多股分流入淮，每年将大约五百八十多亿立方米流量的洪水注入淮河和运河中下游河道和洪泽湖，经常漫溢成灾。洪水又带来每年十六亿吨左右的泥沙，使河床不断淤积抬高，一遇夏季大水，位于洪泽湖边洼地的泗州城必遭水灾之苦。据《淮系年表》《泗州志》等史籍记载，从1128年至1578年的四百多年时间里，泗州城被淹事件高达五十次，平均九年发生一次。明朝为了确保运河畅通，又不断加高洪泽湖的大坝高家堰，使洪泽湖水库于明万历六年（1578年）基本建成。此后到康熙十九年（1680年）的一百〇二年间，泗州城遭水灾淹城事件达二十九次，平均每三年半就发生一次，这时的泗州城已到了灭顶之灾的边缘。

清康熙十九年夏，淮河上下游连续七十天阴雨，“黄淮并涨，有滔天之势，六月，淮大溢，外水灌注如建瓴，泗州城内水深数丈，樯帆往来可手援堞口。官若浮鸥，民皆抱木而逃矣。”黄河、淮河、大运河一直涨水，洪泽湖水位跟着猛涨，高家堰突然决口，洪水铺天盖地冲开了泗州城外东北处的石堤，决口长达七十余丈。接着，泗州城西北角城墙忽然崩塌，发出一阵如雷的轰鸣，城墙开口数十丈，大水冲入城中，大片房屋倾颓，庐舍荡然无存，百姓淹死无数。泗州城很快沉入水底，一望如海，只剩下两座塔顶还露在水面上做垂死挣扎。滔天洪水还毫不留情地漫入明祖陵，将石人石马和墓茔淹没水底。泗州城和明祖陵就这样沉没于洪泽湖的滔滔大浪、烟波浩渺之中，从而造成“米贵如金，易子相食”的历史大悲剧。

水漫泗州的历史悲剧如此惨烈悲壮，苏北却偏偏出现一大批特具喜剧色彩的神话传说，他们将死亡视为重生，将悲剧视为喜剧，这种强烈的情感反差是灾区百姓的一种性格扭曲，也是苏北灾民精神自慰的一种畸形表达。据了解关于水漫泗州的传说，当地有几十种版本，其中流传最广的就是这个淮剧《水漫泗州》了，它后来还被改编成京剧、粤剧、昆曲。这些版本全都用最完美的故事来掩饰苏北灾民因水漫泗州而造成的巨大伤痛，全都从现实的灾难中逃亡，躲进完全虚拟的世界，获取精神上的安慰。

泗州城似乎不是沉没在现实生活中，而是沉没在虚拟的世界里。

二

与《水漫泗州》神话相似的场景，在明万历八年那个现实的秋天里展现出来。一连下了十多天的暴雨，淮河和洪泽湖的水位全都涨到了临界点，洪泽湖西岸的泗州城和明祖陵，全都处于风雨飘摇之中。一拨洪水从洪泽湖里汹涌澎湃而来，直奔泗州城和明祖陵冲去，很快就将泗州城漫进了半人深的洪水，明祖陵的石道也被洪水淹没了。

当然，这个历史场景里的主人公并不是水母娘娘，却是头发花白、年已六旬的总理河漕大臣潘季驯。他摇摇晃晃地从风雨中走来，当他看到明祖陵的石像已经被洪水淹没了一半，便失声痛哭起来：“上天啊！你不能再这样下啦！”然后便扑通一声双膝落地，老脸上的泪水和瓢泼大雨一起汹涌而下。

与神话里描写的场景几乎一样，在潘季驯身旁的泗州城展现出“壮丽东南第一州”的都市雄姿来，城墙周长就达九里之遥，城墙高达二丈五尺，有五座城门。为了防洪每座城门外还建有月城和月门，如有大水，即先堵月门，行人则从月城上出入。城内有内城河，城外有外城河，外城河外还建有防洪石堤。看着这座依旧繁华的泗州城，潘季驯推测按照自己的治水方针实施下去，如果将这座具有八百年历史的古城和本朝皇帝老祖宗的寝陵给淹了，还要殃及数十万百姓，自己可注定要留下永久的骂名了，想到此他便不寒而栗。他肯定自知没有神话里的主人公水母娘娘那样的神通能够喝退洪水。

潘季驯更不是水神大禹，只能分步推行自己的治水方针。他针对黄河夺淮带来的泥沙，不断侵入与洪泽湖相连的京杭大运河，造成京杭大运河河床不断淤塞，使江南的税赋、盐粮、贡品等不能及时运抵北京，给明朝经济命脉带来威胁的形势，提出了“蓄清刷黄济运”的治水方针。“蓄清刷黄”便是在与淮河相接的洪泽湖东岸的高家堰筑起大堤，提高淮河水位，使淮河的清水从清口处倒灌黄河，冲刷黄河带给大运河的泥沙，达到保证大运河畅通的目的。但在洪泽湖东岸筑堤，淮河水位提高，就难以保证洪泽湖西岸的泗州城和明祖陵不被淹没，这也就在朝野上下引发了一场能否保住明祖陵和泗州城的大论战。

这本该是一次正常的治水科学研讨，而就是这场科学研讨，引发了明朝的一场你死我活的官场权力之争。而这种官场之争最后又发展到皇权更替，泗州城的最终淹没也就无法避免了。

此前，泗州籍的进士、江西参政常三省写了《告北京各衙门水患议》。他批评潘季驯“蓄清刷黄济运”的治水方针，指出泗州的水患达到“湖田尽在水中，百姓逃散四方，没有出路，无家可归，卖儿卖女，生死莫保”的境地，愤怒之情溢于言表。此言一出，朝野震惊。其实，身为总理河漕的潘季驯又何尝不知道自己的治水方略的弊端？这使潘季驯感到进退维谷，也就在这种情况下，他冒着狂风暴雨亲往泗州城和明祖陵进行实地考察。

潘季驯不可能像水母娘娘那样法力无边，只能按照自己的治水方略走一步看一步，当要求泗州城和明祖陵在原堤上再加高石工二尺之后，他一直悬着的心才稍稍安定一些，然后鼓足勇气坚定信心，上疏反驳常三省是“危言悍语，偏信奸徒，信口开河”，向明神宗弹劾常三省，给常三省强加上“欺君之罪”罢官削职。

常三省自然不是洪真道人那样的反派角色，只是一个坚持自己论点的莽撞之人，在他削职归里后仍然固执己见，频频上书，幸得巡按为他昭雪冤案，使他官复原职。常三省复职后还是不畏权贵，继续呈文，但他的观点始终不得采用，使他在郁郁寡欢中死去，最终归葬于泗州城外华家沟。

死不瞑目的常三省就这样彻底地失败了，而潘季驯的方略得以全面的实施，洪泽湖大堤也就被不断地加高加固，这使洪泽湖变成了具有现代意义的真正大湖。然而，淮水之力太弱，总是敌不过黄河，淮水无力刷黄，也无法从清河口入海，而原来入湖的故道又尽筑堤堰，淮水又无法从故道宣泄，最后只好上溢泛滥，淹冲淮域，水漫泗州。“泗州大水，城中水深三尺，患及祖陵。最高水位与明祖陵下马牌地面相同。五月退，六月复入，民多流亡。”常三省的坟墓最终也被淹没于洪泽湖中。

泗州城沉没水底就是经历了这样悲苦惨痛的过程，哪里还有神话故事演绎的那样欢乐祥和？

令人值得深思的是，三年过后，六十三岁的潘季驯被指责有“欺君之罪”，是张居正的朋党，被明神宗削职为民，和常三省一样又一次倒在了官场斗争的风雨里。当看到明祖陵的石像又被洪水淹没了一半，潘季驯再一次失声痛哭起来：“天要亡我也！”他再一次扑通一声双膝落地，老脸上的泪水和瓢泼的大雨一起汹涌而下。

三

面对苏北水灾的苦难现实，苏北灾民在束手无策的情况下，只能选择神话故事来进行精神安慰。只见浪漫不见残酷，只见温情不见悲苦。在当时的时代背景里，虚拟出一个洪泽湖水下的“白富美”与一个泗州城里的“高富帅”，在泗州城的虹桥边发生一次街头邂逅，也就是情理之中的事了。

神话里的所有情节全都沾染上灾民的自我安慰色彩，年轻貌美的水母娘娘是一个领导，全面负责掌管淮河和洪泽湖，使泗州城十多年一直风调雨顺。泗州城时太守也是个清官，爱民如子，恪尽职守。这样天上地下共建泗州城的和谐社会，百姓生活富足，充分享受着精神自我安慰的幸福时光。因此，神话中风调雨顺的丰收年里泗州城的百姓在元宵节挂起了象征幸福太平的花灯。水母娘娘与侍女珠儿来到泗州城里观灯，又安排泗州城时太守的儿子时廷芳赴京赶考时也来看灯。

花灯盏盏，美景无限，整个泗州城经过美化亮化，显出流光溢彩。时廷芳不禁吟道："十年风调十年春，全赖水母爱民情。湖波安澜月明日，万民口碑高香心。"忽听得有人对自己如此歌功颂德，水母娘娘不禁偷眼望去，顿时被时廷芳的英俊样貌所吸引。时廷芳又到湖边看到湖上漂着的小鹅灯，借景言志，胡吹了一通大话："春好在新绿，鹅雏不惧凉。日上中天时，凌云少年郎。"水母娘娘得知时廷芳不仅人长得好，还是一个有志青年，顿起爱慕之心，便偷偷将一方丝帕扔给了时廷芳，时廷芳拾到了丝帕，推想一定是刚才那位美女所丢，便一路追寻而去。

后来，神话故事便推演出英雄救美、惹怒洪真的情节，使之变成水漫泗州的直接原因。洪真道人行骗江湖，自称无所不能。但某次求雨，违背天规，水母娘娘不肯发雨，让他怀恨在心。这天，他便在半路拦截想要加害水母娘娘。时廷芳便挺身而出，拿出太守之子的身份，喝退洪真道人，将丝帕还与水母娘娘。水母娘娘更加倾心，便将一颗明珠相赠，并嘱他应试后回乡，一定要到虹桥西边岩石旁，敲石边那棵红石榴树，去她家喝茶聊天。

神话故事又推演出佳期如梦的一段爱情，并使之成为水漫泗州的前夜。时廷芳见过水母娘娘后，水母娘娘的音容笑貌无不在眼前浮现，他顿无外出做官之心，所以科考也就名落孙山。他一路往回赶，到五月端阳节时已近泗州，想起自己的承诺，便来到了虹桥西的岩石旁，果然见到一棵红石榴树。他一拍树干，洪泽湖水顿时向两边分开，珠儿踏水而来，迎接时廷芳到了水府。水母娘娘早在水府的珊瑚阁摆下了一桌淮扬菜，盛情为他接风洗尘。

直到这时，时廷芳才知道自己心爱的姑娘原来是水母娘娘。第二天是时太守的六十寿诞，时廷芳必须赶回去为父祝寿。临别时，他对水母娘娘说，到家禀明父母后即来迎娶水母娘娘。

不料洪真道人提前到时府向时太守夫妇告了状，说这次时廷芳没有高中，而且迷上了水妖。时太守震怒。洪真道人又抢走了明珠，这就引发了一场为争取爱情自由的神妖大战，神话故事也就不断推向高潮。

四

在各种版本的神话传说里，泗州城根本就没有一丝水灾的悲苦，全都充满了爱情的温馨浪漫，水漫泗州的原因全都是为了这段美好的爱情。苏北灾民便是在欣赏这种美好的爱情中，得到心理上的满足。当然，需要精神慰藉的不仅是苏北贫困地区的人们，其他地方也是如此。京剧《泗州城》也是演绎着美丽动人的女神碧波仙子与人间翩翩公子白咏，从相互爱慕到喜结良缘的故事。神话里水漫泗州的起因，居然全都只是为了争取爱情的自由，而历史上水漫泗州的起因是由于治水方针不同而引发的科学论争、官场斗争和皇权更替，这二者压根儿就是风马牛不相及。事实上，水漫泗州的历史充满了艰难悲苦。

明万历十九年的冬天，象征皇权思维的大雪纷纷落下，比喻封建专制的寒风也在一个劲地怒号。洪泽湖南岸的高良涧石堤建设工地上，绣着“奉旨造堤”四个大字的旆旗在猎猎招展。洪泽湖岸边停泊着十几条大船，无数苦力正从船上往下背运石料。压抑，沉重，充满了官场斗争的氛围，一丁点儿也没有神话的浪漫气息。

已是六十八岁高龄的潘季驯在三次罢官后，第四次出任总河。重病缠身的他向皇上请求辞职而不允，只得亲临工地指挥。他知道这项工程事关皇家漕运，他的心实在放不下来。这些年每逢淫雨，洪泽湖大堤就处于临水状态，石堤处情况还好，但高良涧这一带的土堤受风浪淘刷十分严重，很有可能决堤成灾。所以，他上疏请求将高良涧原来的土堤改建成石堤。

良辰已到，潘季驯一声令下，整个工地鞭炮齐鸣，照例开始祭拜禹王龙王，然后跪谢皇恩，所有官民人等全部齐刷刷地跪倒在地一拜再拜。接着就是舞龙节目，五条不同色彩的长龙，从人群中奔腾而出，在湖堤上摆开架势，伴随着锣鼓声，上下左右前后地飞舞起来。

这个场景使人联想起神话里水母娘娘指挥水族兵将的声势浩大，然而神话给我们营造的气氛是刺激和快感，而这段历史给我们演绎的却是残酷和艰难。就在仪式结束准备开工时，突然杀出一队人马，他们挡住石工的去路，扬言谁敢动工就打死谁。潘季驯喝住为首闹事者：“谁敢在此生事？我是奉旨造堤！”他本以为自己亮出圣旨就能镇住这批闹事者，谁知闹事者并不害怕：“我们奉命保护皇家祖陵，你们在此造堤，就是成心想让大水淹没祖陵，这是欺君之罪！”原来是朝中那派洪泽湖以西的官员，以保护明祖陵为名前来阻止施工，潘季驯哪里有毁坏皇家祖陵的胆量？因而一口气被噎住，他口喷鲜血，两眼一黑，倒在雪地上，晕厥过去了。

潘季驯没有像水母娘娘那样得胜而归，却是以失败告终。

当他慢慢地苏醒过来，躺在地上望着天上纷纷飘落的大雪，长长地叹了口气，无可奈何地说："我要向皇上提出辞职。"说完被抬回了停泊在洪泽湖里的官船调养。躺在船上的潘季驯虽然早就知道治水的艰难，但他还不知道有这么一个水漫泗州的神话，将洪灾说成是幸福美好，否则他肯定更会被气得七窍出血、头撞南墙的。

"潘季驯仍具疏乞休，凡四上。"他七十二岁那一年，上《议处泗州积水疏》，"与诸臣意见不合，自请罢黜"。此时，监察御史聂应科弹劾潘季驯"衰老无裨，疲驾负乘"。给事杨其修也上疏认为潘季驯"勋茂劳久，呕血骨立，被言请告，当允其归"。这年四月，他被罢官归乡。

潘季驯一生四次治水，前后二十七年之久，以借水冲沙，筑堤束水，为河漕兼利之策，取得治水明显成果。

他七十三岁那年得了风痹病，半身不遂，瘫痪在床，不久也像常三省一样，在郁郁寡欢中去世，他无可奈何地将自己的千秋功罪留给后人去评说了。

五

水漫泗州神话的产生，是因为苏北百姓对水灾的无奈到了极致，对水灾现实的痛苦到了极致。苏北灾民只得选择躲进神话这个虚拟的世界获取精神慰藉。

苏北灾民祖祖辈辈经历了几百年的水灾之痛，他们不堪三年一大灾，两年一小灾的苦难。泗州城每次大水淹城，都会发生街巷行舟，房舍倾颓，民多逃亡的惨景。清顺治六年六月，淮河又一次发大水，泗州城东南溃决，水灌入城，水深一丈多，淹死百姓无数。十月水退，城内房屋已倒塌一半，街道上乃有大片积水。

多少年来，泗州城的干群与洪灾进行了殊死抗争。1417年，州守王升带领军民进行抗洪救灾，运土填城，所填土方达四万五千九百二十方。他们垫高二十一条大街小巷及军署民房院基，并助盖民房两千余间。这是在泗州城被淹之前，最后一次大规模与老天抗争。水漫泗州后，知州莫之翰欲哭无泪，他感到自己的失职，便搭棚驻守在还没有完全淹入水中的防洪堤上，一直伴守着不断沉入水下的泗州城。从此，他便守护着已经沉没水下的泗州，在堤上一直守候到病逝。

相传莫之翰死后化作布谷鸟，一直在泗州城的上空盘旋嘶鸣。

自从黄河夺淮后，被称为水漫泗州的大水就有十多次。特别是在明朝灭亡以后，清朝政府自然不会再像过去那样，竭尽全力确保明祖陵的安全了。因而，清康熙元年、四年、五年、九年、十一年、十五年，泗州城都遭到大水的冲击，受灾非常频繁。《泗州志》载："康熙十八年冬十月大水，水势汹涌，州城东北面石堤溃，决口七十余丈，城外居民抱木而浮，城内堙门筑塞，至日暮，城西北隅忽崩数十丈，外水灌注如建瓴，人民多溺死，内外一片汪洋。"自康熙十九年连续大水以后，泗州城再也没有恢复的希望，因此历史上把清康熙十九年(1680年)定为泗州沉沦的祭年。

对于水漫泗州这样的历史大悲剧，苏北灾民不愿提及，心里只能幻想爱情神话的浪漫和温情。试想硬是要含泪将水漫泗州的历史悲剧说成爱情喜剧，这是何等的悲催，何等的痛苦呀。淮剧版的《水漫泗州》就是将泗州的水灾连年硬说成是风调雨顺，就是通过水母娘娘的口说出："洪泽湖水三万顷，风调雨顺十年情。你在城中民拥戴，我与公爹同爱民。如果水母是妖精，哪得年年百姓花灯敬。"

如果来到盱眙，那里的学者和老人肯定会为你说起"神妖误，百姓苦"，他们会将淮河洪泽湖的水灾全都归结于"神妖误"，会对你说起一段另一种版本的神话故事。康熙年间，泗州城西北有个大李集，村里有个老人生下一个男孩儿，学名叫李守志。十八岁那年，李守志参加县试中了第一名。他又赴金陵参加乡试，途中借宿泗州城，洪泽湖水神水母娘娘见李守志美貌儒雅，欲强行招亲。可李守志却拒绝了水母娘娘。水母娘娘恼羞成怒，顿时起了报复之心，装作不介意地拎过水桶，说要倒掉桶中的积水。负责四处巡查的神仙也一时大意，没有及时阻止。一时间，积水变成汹涌的洪水，波浪滔天。神仙忙骑上毛驴飞向空中，低头一看，一座美丽的泗州城霎时间便被淹没在水底了。这个神话不但将水灾的责任全部推给了神仙，而且表现出苏北灾民求神拜佛的迷信心态。玉皇大帝听了汇报后，派兵捉住了水母娘娘，将她镇压在了盱眙县宝积山中的琉璃井里。从此，洪泽湖也就风调雨顺了。在这个神话里，水母娘娘虽然变得无恶不作、十恶不赦，但故事的结尾还是一个大团圆的美好结局，苏北人便是在这样的大团圆里得到了精神慰藉。

李守志却被大水夺去了生命，尸体漂浮在水面上。

神仙后悔不及，用手向李守志的尸体一指，那尸体居然变成了一只鱼鸥，嘎的一声飞了起来。

这只鱼鸥在洪泽湖茫茫的水面上空，边飞边哭，飞了一年又一年，也哭了一年又一年。

一座湖的黑白记忆

一

我不知道靳辅是不是色盲，但他肯定将洪泽湖原本五颜六色的景物，全都精减成黑白照片似的图像。他用中国水墨画的思维，将洪泽湖以及通向湖里所有泛滥成灾的黄淮运三条河流，渲染成黑白相间的泼墨，又用白色线条勾勒出浩瀚洪水的汹涌波涛。天空肯定是黑白过渡带的灰霭，乌云翻滚自然是深邃的墨黑，暴雨就是飞快运动着的晶白，狂风原本无色却被镶上一道黑线的轮廓。

靳辅就是在这样黑白相间的世界里抗争着，在他的面前所有的政敌，自然立马变作黑到心肺以及五脏六腑的奸臣，而视为白色亮点的肯定是他自己，还有那刚刚为保护大堤被洪水冲走的陈大一家。这时，洪泽湖那汹涌澎湃的水面上，还回荡着为陈大一家喊魂的呼声。

面对着白浪滔滔的洪水，他自知前程必定艰难，因为前面湖天相接处显得那么暗淡无光，使他不由得皱紧了眉头。他是在康熙十六年的四月，被任命为“总督河道提督军务兵部尚书兼都察院右副都御史”的。他还向康熙皇帝上交了一份军令状：决心任期内使黄淮归海，河湖安澜，运河畅通。河道大修如果“料理失宜，徒糜时日，虚费钱粮，并旋修随圮，限内冲决，则请将臣从重处分”。前任河道总督王光裕就是因为治河无功，被摘除顶戴花翎、逮捕法办的。其实，在几年之内治理好黄河夺淮后泛滥了几百年的水患谈何容易？他觉得这时自己所见到的洪泽湖景色，全都是灰黑色，不透一丝一毫的亮光。他被黑暗压得喘不过气来。

明末清初，由于战乱，黄河河道常年失修，堤防不坚，致使“黄水四溢，不复归海”，豫皖、苏北年年闹水灾。康熙元年至十六年发生的较大决口就达六十七次之多。康熙十五年夏，黄淮并涨，奔腾四溢。黄河倒灌洪泽湖，苏北黄河两岸决口二十一处，洪泽湖的高家堰决口三十四处，洪水冲入淮扬运河，使运河大堤决口三百余丈，洪水淹没了淮扬七个州县，苏北所有河道、运道均遭破坏，漕运阻断。在此严重形势下，康熙皇帝下大决心，要大规模治理黄淮河道和洪泽湖水系。然而，谁能担此重任呢？此时有人向他举荐了安徽巡抚靳辅，康熙在半信半疑之间，调靳辅为河道总督。

靳辅为了靠前指挥，将原本驻节山东济宁的河道总督署，搬到了地处黄淮运交汇和洪泽湖边的淮安。他一到淮安就听到洪泽湖高家堰又要决口的报告，便连夜冒雨赶到了现场，可是已经晚了。湖底高出地面几米的“悬湖”洪泽湖，全都靠高家堰这座几十里的人工长堤防洪，当靳辅赶到十里堡和十一里堡之间的险段时，这里的洪水已经将大堤冲毁了，洪泽湖几丈高的大水，就像脱缰的野马倾泻而下，一路汹涌澎湃，直向淮安、扬州所属的十多个州县宣泄而下。面对这般险恶景况，靳辅的眼前似乎就回放起黑白电影似的一幕幕画面来。

望着黑白相间的洪泽湖上汹涌奔腾的洪水，靳辅觉得在这灰黑的背景上，呈现出陈大一家三口，为了堵住高家堰的决口，与洪水拼搏后被卷入洞底的身影。他似乎还能看到陈大那个五岁小儿，用他的小手一个劲地敲着报警的锣。靳辅的双眼涌出眼泪，跟着民众一起呼喊起来：“陈大，你们回来吧……陈大，你们回来吧……”陈大一家三口的尸体早就不知被洪水冲到哪里去了，洪泽湖的水面上只剩下汹涌澎湃的恶浪和乡亲们喊魂的呼声。

“陈大，你们回来吧……陈大，你们回来吧……”

二

康熙朝的治水场景，纵横千里，辽阔壮观，需要一幅卫星航拍的全景画面才能看清。当然这幅画面本应该富有色彩，可在靳辅的眼里肯定变成了黑白。在这幅画面里，方圆千里的洪泽湖就像一只展翅欲飞的巨大天鹅，黄淮运三条大河就像三条绳索，紧紧地捆绑着她的翅膀，使她展现出一种挣扎和撕裂的形态。这三条大河和一座大湖组成的图案，在苏北大平原的灰暗背景衬托下，又显现出一片深沉的黑色。而漫天的大雪便在这深沉的黑色空间里上下飘飞，让这黑色的原野反衬出自己的耀眼洁白。

靳辅看到每一片雪花全都划出一道白线，大雪便是沿着无穷无尽的白线坠落下来，在洪泽湖和所有河流组成的黑色浪涛里化作乌有。白色的雪无可奈何地归顺了黑色的水。

靳辅觉得自己就像一片白雪，明知最终要被黑水吞没，也要在天空飞翔，作一番垂死的抗争。他便是带着这样的心情指挥着千军万马，在1128年杜充掘开黄河之后整整五百五十年的那一年，开始了第一次大规模地治理黄河夺淮水患的战役。

在这三条大河的河岸和这座大湖的湖岸，累计数百里的大堤上，有几百万民工同日开工。这是一场辽阔悲壮的人海大战，也是一场帝王将相领导的人民战争。靳辅站在指挥部的高塔上远远望去，无数肩挑车推的民工就像是无数只蚂蚁，由他们组成了蚂蚁搬家的方阵，再由这无数个蚂蚁方阵构成了一幅气势恢宏的壮阔画面。他看到这幅画面里有千万竿红旗，在大雪纷飞的工地上飘飞。当然，这昏天暗地和旗红雪白，在靳辅的眼里全都被过滤成了黑白的色调。

面对着这样的黑白世界，他无法预料自己治河的方略究竟能达到什么样的效果。他总是不由自主地朝他身边的幕客陈潢望去，想从他的身上寻找到一丝安慰的亮色。

还是在康熙十年的六月，靳辅赴皖就任安徽巡抚途经邯郸时，去吕祖祠参观，迎门看到粉壁上题诗一首：四十年中公与候，虽然是梦也风流。我今落魄邯郸道，要螯先生借枕头。靳辅读罢，顿觉诗意不凡，近看墨迹未干，便命人寻觅，原来这首诗的作者便是水利专家陈潢。陈潢这年为求生计，北上京师寻找机遇，不期落魄之际，遇到了靳辅。他们一见如故，畅谈通宵，靳辅遂聘陈潢为幕客。靳辅出任河道总督后，陈潢便一展治河奇才，“竭力效忠”。

靳辅、陈潢一上任就投入了河道的勘察之中。“上下千里，泥行相度”，看到黄河在苏北“决于北者，横流宿迁、沭阳、海州、安东等州县；决于南者，汇洪泽湖转决下河七州县，清口运道尽塞”。因此，靳辅喟然长叹：“河之坏极矣！”

他们于康熙十六年四月，一日之内向康熙皇帝上疏八道，系统提出治理黄河、淮河、大运河和洪泽湖的全面规划，详陈治理计划、经费预算、机构调整等治水方略。在《河道敝坏已极疏》中，他阐述了河道与运道的关系，认为只“保运”不“治黄”是导致河道全面崩坏的人为原因，提出必须“审筹全局”，从“治黄保运”的大局出发，对黄河河道“彻首尾而治之”。在《经理河工八疏》中，他则制订了以洪泽湖为结点的治水方案：挑清江浦至黄河入海口河道，导黄归海；挑黄淮交汇处的清口至洪泽湖高家堰，开通引河；筑高家堰等处坦坡，以防决堤；改革河防管理体制，把地方民间性的河工管理改为军事性防务。

靳辅的这套治理运河方案经过朝廷的反复论证，在第二年初终于批准，康熙下旨：“治河大事，当动正项钱粮。”拨付大修工费银二百五十余万两。自此在苏北的黄河干线、淮河下游、运河干线，以及洪泽湖高家堰，长达数百里的大规模河道整治工程，由靳辅指挥，以千军万马之势，全面开工了。

洪泽湖高家堰大堤治理工地上，百万民工集中在几十里长的大堤上下，工地上人山人海，一片沸腾，热闹非凡。只是天空还是阴森森的，还是下着鹅毛大雪，寒风还是一个劲地呼啸着。到了夜晚，整个工地一片灯光闪耀，在四处黑暗的天地间，千万只火把组成了一条火光的长龙。

这时的世界真的就只剩下黑与白两种色彩了。几天几夜没有合眼的靳辅，终于累倒在了工地上。当他的两眼一闭，眼前便呈现出漆黑一片的世界来。

三

我敢肯定一切都在康熙皇帝的掌控之中，包括康熙二十七年金秋十月远在苏北举办的中运河竣工典礼。

那一天，康熙皇帝让靳辅面前呈现出一幅秋阳当头、晴空万里的白亮画面，又让靳辅看到了这幅画面上的黑色阴影，再让所有的黑色向他预示着什么。脚下刚刚竣工的堤岸背影，堤上新栽的那片防渗林的树荫，还有天空远处的一片乌云，特别是自己长长的身影，全都黑得意味深长。我甚至敢推断康熙皇帝在遥远的京城都能想象出，这天新开挖的中运河开闸放水，靳辅的心头肯定充满了明媚阳光，肯定觉得整个开闸放水的庆典就是一派喜庆的亮色。

这场隆重的庆典仪式原本是件大喜事，连四乡八县的百姓都扶老携幼，纷纷赶来，都想看看这场象征海晏河清的盛况。

整个新修的中运河大堤上，万人攒动，彩旗招展，一望无际。这时，整个秋天都被感动了，放射出无限热情的白光。靳辅带领河道总督府的全体官员，从淮安清江浦乘坐一艘大船，兴高采烈地来到了中运河河口，爬上临时搭建的主席台，亲自主持这场旷古未有的喜庆典礼。当吉时一到，他一声令下，红旗摇动，锣鼓喧天，鞭炮齐鸣，大闸便缓缓升起，滚滚黄河波涛流入中运河，霎时间灌满了宽阔的河槽，现场成千上万的百姓一片欢腾雀跃，发出一阵阵胜利的欢呼。

经过多年的艰苦努力，靳辅、陈潢总算不负圣望，对黄河淮河的河道进行了连续大规模治理，除了少量工程没完之外，其余全都竣工，使黄淮运后来出现了几十年的稳定局面。三年前他启动的开挖三百里中运河的宏大工程，这一天也全面竣工了，运河航道要走一百八十里黄河的历史，再也不复存在了。

陈潢激动得热泪盈眶，抱着靳辅的肩膀颤声说道："靳大人，成功了，我们成功了！您看，完全和预料的一样，正好可以行船哪！"靳辅也高兴地拍着陈潢的肩膀，又拉过了属下封志仁、彭学仁，十分感慨地说："兄弟们，我谢谢你们，也替苏北的百姓谢谢你们！"

这一天，治水整整十一年的靳辅已是华发满头。在这十一年里，他吃了多少苦，受了多少委屈，担了多少风险，只有他自己最清楚。想到这里，他不禁老泪纵横。

靳辅自然想起了自己这治河的十一年，也是被人参劾的十一年。翻看康熙朝的皇家档案，可以看到在靳辅、陈潢治水过程中，不断受到官场政敌的攻击诽谤，其中重要的有康熙二十年五月，因人参劾，"靳辅著革职，令戴罪督修"；康熙二十一年，布政使崔维雅攻讦靳辅"修筑失当"，经康熙召对辩论，决定仍采纳靳辅治河意见；康熙二十二年，尚书伊桑阿参劾靳辅"行贿事"；康熙二十四年，御史崔雅乌参劾靳辅"修筑减水坝不合古训，且耗费国库银两，遗患无穷"；康熙二十七年，也就是在靳辅、陈潢正在为中运河工程日夜奔波之际，先是总漕慕天颜攻讦靳辅，后来著名的清官，被誉为"铁面御史"的郭琇再次参劾靳辅、陈潢。

这时，一阵庆祝中运河开通的震天动地的欢呼声，终于将靳辅从痛苦的回忆之中拉回了现实，他的心也从幽暗转向光亮，他情不自禁地跟着百姓一起欢腾起来了。他大声对陈潢等人说："今天大家高兴，不去想那些不愉快的事情了！我要好好地奏请圣上，为你们请功！"

就在这万民欢呼、普天同庆的欢乐时刻，就在这一片喜庆的河岸上，就在他要向圣上请功的话音未落之际，靳辅突然接到圣旨，他因运河以东的淮水出路，以及土地开垦问题得罪了显官贵戚，再一次被众官参劾。钦差还传旨摘掉陈潢头上的四品顶戴，当场拿下，同时革职查办的还有治河官员封志仁、彭学仁，并且当场给他们三人戴上四十多斤重、黄色袱面的大木枷，立即押赴京城刑部大牢。靳辅咬牙切齿地断言，肯定是有人在暗地里使坏。

刚才还欢呼雀跃的人们万万没有想到在中河放水、大功告成的欢庆声中，他们赶来看到的竟然会是这样的一幕惨景，当然也没料到这时的老天也立马阴下脸来，突然下起了瓢泼大雨。原本透亮的天地一下子变得阴黑起来了。靳辅遥望着押走陈潢等人的大船，在风雨飘摇中渐渐远去，不禁潸然泪下。

我敢断言，直到这时，靳辅压根就没有想到，远在京城的康熙皇帝一直在操控着他的心情，让他从阳光明媚的白，一下子坠入暗无天日的黑，使他满心黯淡地看着那艘大船变作一个黑点，消逝在前方的灰暗里。

四

非白即黑的思维模式不仅是靳辅在运用，于成龙、郭琇等人也是在运用，皇帝老爷更是在运用。康熙皇帝就是在无时无刻地辨别着谁忠谁奸、谁黑谁白、谁好谁坏。而发生在康熙朝的那场著名辩论，便是非忠即奸、非好即坏、非优即劣的是非观，在封建官场上的一次集中展示。自靳辅以后在淮安就任河道总督的几十位高官，在前后一百八十三年的时间里，无时无刻不在为甄别谁忠谁奸、谁对谁错而争斗不已。

这一次，靳辅预感到自己是斗不过被康熙认定“朕可信任者”的安徽按察使于成龙了。这位于成龙是河北人，不是山西于成龙。他比山西于成龙小二十岁，史称小于成龙，也是康熙朝一位著名清官。对于这位于成龙的厉害靳辅记忆犹新。

康熙二十五年夏天，为了确保黄河上游萧家渡减水坝工程不被洪水冲垮，靳辅决定在淮安的清江段决堤分洪。他怕于成龙反对，便穿上御赐的黄马褂，带上了尚方宝剑，摆开全副仪仗执事，来到西边的河堤，准备下达决堤放水命令。可就在这时，于成龙突然从怀中抽出一把刀横在自己的脖子上说："我于成龙身为为百姓服务的官员，不能保境安民，有何面目活在世上？于某誓与大堤共存亡，谁敢决堤，我立刻自裁！"此言一出，在场的所有人几乎都傻了眼。靳辅看着猛涨的河水，想到即将被洪水冲毁的萧家渡减水大坝，只觉得眼前突然变得一片黑暗，头脑里万念俱灰，一口鲜血从他的口中喷了出来，扑通一声晕倒在地。

自康熙二十四年，康熙皇帝命于成龙主管黄河入海口的下河修治工程起，于成龙等人对靳辅由不同意见的争执，渐渐演变成了"朋谋倾陷"。这两位大清朝著名的清官，围绕屯田、洪泽湖至入海口河段的修治等问题，展开了长达三年之久的针锋相对的斗争。

后来，他们之间争论的目的已经不是治水方法的优劣了，而是想给对方扣上一顶奸臣的帽子。当然，康熙皇帝和满朝文武也都想通过这场辩论分辨出忠奸来。

康熙二十七年十月，靳辅连奏三本，一是挑浚流经高邮、宝应等七州县的下河以入海，二是修筑洪泽湖高家堰堤岸，三是修理黄河两堤。这里靳辅所持的观点，多与康熙皇帝及众大臣不同。康熙皇帝便决定召靳辅及于成龙速到京师，会同九卿详加讨论。这次讨论持续时间很久，第一轮辩论从11月20日到22日，连续三天，无结论；又于第二年的二月，开展了第二轮辩论，又进行了三天。

越是辩论就越是对靳辅不利，越是使康熙皇帝对靳辅的忠诚度产生了怀疑，也就引发更多的人向靳辅展开猛烈攻击。辩论到这时，康熙皇帝开始断定靳辅“言语浮夸，所言不能全兑”了，加上无法否定于成龙在皇上心中早已形成的清官形象，而作为这位“朕可信任者”对立面的靳辅，又显得那么的“固执已见，与众议不合”。至此，康熙皇帝终于认定靳辅的人品大有问题，便将靳辅强行划入“不忠”的奸臣行列。

五天后，康熙皇帝下旨：“著将靳辅革职”，“陈潢著革除职衔，解京监候”。

靳辅就这样失败了，他不是败在了于成龙、郭琇等人的手下，而是败在了“非忠即奸”的两分法思维模式里。

其实，靳辅本人也是满脑子这样的思维。靳辅的色盲不是生理上的色盲，而是思维方式上的色盲。而于成龙等所有文武官员，以至康熙皇帝，也全都是这种思维模式的色盲。也正是在这种思维模式的色盲里，为治理黄河夺淮洪灾做出重大贡献的陈潢，愤愤不平，忧愤而死。

五

用一场让江淮百姓倍感悲痛的秋雨作墨，含泪渲染出一幅为靳辅送葬的泼墨画，苏北的秋天便被深深地染上了一层悲伤的淡墨，靳辅的那个黑漆灵柩，就停放在洪泽湖高家堰上一片落叶的灰暗之间，木棺里摆放着靳辅指挥治水会战时写下的《治河方略》，还有一篇他临死前写下的《复陈两河善后之策》。他便是带着这两本书和满腹的怨愁，离开了这个黑白不分的世界。

康熙三十一年，原来身缠重病的靳辅日益加重，总是高烧不止。他已经经不起政敌的诬陷，经不起长期的奔波操劳，只有五十多岁的他就已身心疲惫、疾病加身、风烛残年了。这年的十一月，这位为治理黄淮运和洪泽湖水患做出了巨大贡献的功臣，满怀悲愤地离开了人世，终年只有五十九岁。

在靳辅革职后的第二年春天，康熙皇帝南巡到淮安实地考察，这才意识到还是靳辅的观点科学可行，便命后任河道总督王新命按靳辅的治河方案，完成中运河的开浚。

也就是在这次南巡过程中，康熙皇帝听到江淮百姓处处称赞原来的总督靳辅，至今仍念念不忘靳辅的治水恩德，又亲眼看见靳辅所梳理的河道及修筑的堤坝，这才对靳辅开始有了重新的认识，觉得靳辅“实心办事，勤勤恳恳”，感到以前对他的判断不合实际，对他的革职处分实在是不当。不久，河道总督王新命因贪污库银六万两被揭发，康熙皇帝这才真正地感到自己错怪了靳辅，决定罢免王新命，重新起用“熟练河务及其未甚老迈”的靳辅。

然而，为时已晚，这时的靳辅已经体衰多病，再也无法像过去那样在治水工地上日夜奔波了。

这年秋天，靳辅一直卧床不起。就在病入膏肓之际，他自知来日不多，觉得自己一直对不起陈潢等人，便专门上疏要求恢复含冤而死的陈潢以及另二人的职衔。临死之前又写下了“复陈两河善后之策及河工守成事宜”，对如何继续修治黄河、淮河、运河、洪泽湖提出了最后的意见。可是，这些奏折还没来得及上呈，他就永远地闭上了双眼，这些治理水患的奏折成了靳辅的遗书。

靳辅出殡的那一天，无数百姓为洪泽湖高家堰的树枝上，挂满了白色的招魂幡，使几十里高家堰变成了一条白色长堤。无数百姓又为洪泽湖点亮了千万只河灯，使洪泽湖的浩瀚水面上一片闪烁，把洪泽湖变成了天上的银河。这长堤白幡和大湖河灯，在雨夜的黑色背景的衬托下，显得格外白亮。这是百姓们在为靳辅照亮通往阴间的路。

靳辅就这样死了，死在了封建官场斗争的残酷舞台上，死在了“二分法”思维模式组成的黑白背景里。

当然，这种思维模式的受害者，靳辅不是第一人，也不是最后一人。事实上，在靳辅死后关于他是忠是奸的争论并未停止，一直到他死后的十五年，康熙皇帝在一次与吏部官员的谈话中才说：“朕每莅河干，遍加咨访，沿淮一路军民感颂靳辅治绩者，众口如一，久而不衰。”

至此皇帝不再提一字关于靳辅的“不忠”之言。死后十五年的靳辅在康熙皇帝的心目中，又从奸变成了忠，从黑变成了白。然而，为治水奋斗了一生，又为治水生前背负骂名的靳辅，躺在黄泉之下早就听不到了。

一个状元的乌托邦

一

那是一个世纪前的一个夏天的傍晚，张謇考中状元一年之后，悄悄地驾车出了京城。经历了一年你死我活的朝廷党争，作为官僚新贵的张謇受到的打击可想而知。就在这时，他的父亲在家乡南通去世，张謇乘机提出回家守制，丢下京城的各种纷争，打点行装，向苏北一路狂奔而去。

在那个风雨交加的黑夜，在那片荒无人烟的旷野，张謇驾着一匹浑身洁白的辕马，朝着东南方向一路奔驰，却风驰电掣般地闯进一片梦幻的天地。

那梦幻的世界一片混沌不清，四面漆黑。

他想起去年自己高中状元金榜题名时，父亲的欣喜若狂，而自己却说出了“栖门海鸟，本无钟鼓之心；伏枥辕驹，久倦风尘之想”这样的话。没想到不到一年，自己真的驾着辕驹在风尘中狂奔，真的遇见了一只洁白如银的海鸟。

他十分悲伤地感到自己深夜与已经逝去的父亲相遇，肯定就是自己对退出官场与进入商界思考时的一种幻觉，肯定就是自己将经商与儒道融为一体时的一种想象，更是自己对实业与人生理解时的一种虚妄，他十分感伤地长叹起命运来。

张謇，字季直，1853年出生于通州海门，也就是长江之北、运河之东、淮河之南的那片江苏北部灾区。后来他用了四十年的时间为治理黄河、淮河、大运河和洪泽湖奔波。他的祖父靠租种薄田度日，到他父亲时，已置田二十余亩，并兼营糖坊了。张謇幼年聪慧好学，三岁启蒙，四岁入塾，十岁时，老师出“日悬天上”的命题对联，他应声而答：“月沉水底。”他的父亲大喜，对他寄予光宗耀祖的厚望。果然，他来了个三级跳，先后考取秀才、中举人，最后金榜题名高中状元。然而，他没有按父亲的愿望“学而优则仕”，考中状元后居然辞去官职不干，卷起铺盖回家自主创业了。

四十一岁的张謇高中状元的那一年，中日之间爆发了甲午海战，清朝惨遭失败。对此，他义愤填膺地上疏弹劾李鸿章，又认为日本“土地面积是我们的二十分之一，人口是我们的十分之一倍”，之所以能胜我者，主要是国富而兵强，要想富国安民，除了坚船利炮，更重要的还是发展实业。这就是他为实现强国梦想而弃官经商的一个直接原因了。

从此，他不得不“上不依赖政府，下不依赖社会，抱示范全国的雄心，毕其后半生之精力，全凭良心做去。而所为者何？一是实业，二就是教育。”他的强国之梦是在对政府失望之后的一种无奈选择，也是在国家惨败之后的一种卧薪尝胆。

从1895年的夏天他辞官回乡为父丁忧，并自此开始办厂经商后，他便开始了三十年的实业救国的漫漫人生，他用三十年时间全身心地投入到实践他的伟大理想之中，他开始构筑自己三十年的梦境，一直到三十年后他的伟大梦想彻底破灭。

这时，张謇的心灵狂奔在现实与梦想之间，张謇的思想徘徊在实业和儒道之间。张謇为那只海鸟穿上寿衣，举行葬礼，焚烧纸钱，奉上祭酒，也洒下了两行悲伤的眼泪。他不仅是追悼逝去的父亲，也是追悼失败的中国。

张謇仰望着一团漆黑的宇宙号啕大哭起来，良久，他拉长音调唱起了家乡的苏北小调。歌声抑扬顿挫，声情并茂，凄凄惨惨。

二

我真的有些惊讶于那天张謇周围的无声无息，惊讶于这个梦的世界无声无息。

那是1899年5月一个骄阳似火的上午，张謇抬头在天上看到的是一轮闪烁扎眼的太阳。四十六岁的张謇高高地站立在一丈多高的彩台上，司仪举起手中的锣锤准备宣布典礼的开始，张謇却睁开他睿智的双眼四处张望。我推想他恐怕想起了自己十岁时的那副对联“日悬天上，月沉水底”，这时的他肯定是满心期待着大生纱厂像日月一般的圆满。在这天的典礼上，在这位伟大梦想家的心目中，期待着整个世界都可以用他精心设计出来的理想去描绘。

他的头顶上正放射出太阳的光芒，炽热的光雾笼罩在他的身上，笼罩在所有参加开工典礼的嘉宾身上。他反反复复地想着十岁那年的杰作

“日浮天上，月沉水底”，他又将这个对联中的日月全都引申成了圆满。当然，他也清醒地明白这只不过是自己的一种美好期待，甚至只是一种梦想。

他面对今天的投产典礼，想起这四年的办厂艰辛，只是苦笑了一声。四年前，他给自己创办的第一个纱厂起名为“大生”，意思是“天地之大德曰生”。他采取股份制在民间招股集资时，应者寥寥，只得将集股的目标下调到二十五万两。但到了工厂动工时，他筹集到的资金只有十五万两。而在1895年10月两万多锭旧机器运到南通时，他这才发现这批英国生产的机器全部生锈了，光是擦锈又花去了六千两。等到试产时，周转资金就只剩下几万两了，连买棉花原料的钱都不够。最后他不得不冒着破产倒闭的危险去借高利贷，这才有了今天的投产典礼。

1899年5月23日，是张謇心中第一个梦实现的日子。经过四年的艰辛筹备，大生纱厂终于在这一天正式投产了。这是中国人最早的自办纱厂之一，也是他宏大的实业强国之梦的一个艰难开启。

从此以后，张謇在一个世纪之前中国一片荒芜、一穷二白的国土上，在那个江北小镇上，按自己的梦想建立起一座理想王国。他雄心勃勃地将资本扩张的触角，伸向了各行各业，先后创办了广生油厂、复新面粉厂、资生冶厂等企业；接着又兴建了天生港、发电厂，开通了公路，使南通成为中国最早的经济开发区。然后，他为了给工业提供人才，又创办了我国第一所师范学校。有了一定资金之后，他又大搞公益事业，兴办了医院、敬老院、托儿所。张謇一生共创办了二十多个企业、三千七百多所学校，参与的企事业数高达一百八十余家，囊括了工业、垦牧、交通运输、金融商贸、商会民团、文化教育和公益事业，从而在南通建立起一个相当完善的城市范本。在他的这个理想王国里，社会井然有序，风气清明淳朴，俨然就是一个中国的乌托邦。

他早就决心为了这个梦要付出一生的代价。所以，他的第一个梦想即将实现时，他在心里明白这个梦才刚刚起步，未来任重道远。因而，他的心情反而显出有几分沉重来，他好像知道自己生活在梦中。

三

梦变成一阵沉重的风刮在一百年前苏北灾区的沙土上，猎猎作响，像刀子那样刺骨锥心。失去爱女的悲痛，多少年来一直在他的梦里滋滋地疯长。梦将心肺撕裂成无数碎片，撒落在爱女的旧坟四周。张謇颓然瘫倒在坟边的荒土上，老泪如雨淅淅沥沥地湿润了梦境。他自然而然地想起了那个注定了他前生今世的梦幻，他认定这个梦幻肯定与眼前的这丘荒坟有着必然的因果关系。这时，那种撕心裂肺的愧疚又向他袭来。我推想他的肠子肯定都愧疚青了。可是爱女早已夭折，这二十多年间，他只能在梦中与爱女相聚。

1915年8月，张謇辞去全国水利局总裁等职务，从北京回到家乡的当夜，就来到爱女的旧坟前。两行泪水从他那清癯的脸上潸然而下，一行是悲伤，一行是自责。我推想面对冷酷的现实，他肯定又想起他这些年无数次做到的那个注定他前世今生的梦境来。那缕祭祀的青烟从洪水横流的苏北原野上升腾而起，惨白的落日慢慢地坠进了流向远方的河。

落日将黑夜留给了苏北灾区的荒原，留给了梦。

晨风含露，在一座座刚刚淹死的灾民们的新坟四周无声地飘拂着，新培的坟土全都湿润了，清冷的空气紧紧地包围着所有的土坟，也包围着他失去爱女的疼痛。

张謇的原配夫人徐氏，曾经生下一个女儿，但不幸早夭。相传是那一年江淮大水，然后又起瘟疫，女儿染上瘟疫，不治而亡。此后二十多年一直到他人到中年，这才终得独子。因而，失去爱女的悲痛一直缠绕了他几十年。

梦在现实中，现实在梦里。

张謇好像刚刚做了一场长达四十年之久的梦，这场梦自他爱女因洪水而死的那天起就开始做了。在这四十年里，他为了治理淮河水患，东奔西走，风餐露宿，本以为自己可以为国为民将水患治理好，结果却落得个竹篮打水一场空。

张謇自幼就生活在江淮地区，深深地感受到淮河常年泛滥的危害，使他早就立下了治淮的宏愿。张謇做了两年多的农商总长和水利局总裁，他想利用中央政府的力量来实现他的梦想。张謇的后半生主要从事导淮工作，自1903年发表《淮水疏通入海议》，到1925年将测成导淮图表目录公布为止，他先后二十二年担任全国水利局总裁、导淮督办、运河督办、江苏新运河督办等职。

在这导淮的二十二年中，他始终遵循科学办事的原则，1911年设江淮水利测量局，正式开始测量淮河、运河及沂沭泗各河道，为导淮做准备。在这二十二年导淮过程中，他累计测成导淮图表一千二百三十八册、图两千三百二十八幅。在张謇升任全国水利局总裁之后，1914年4月，他偕同荷兰水利工程师贝龙猛，风尘仆仆，南下查勘淮河，历时一个月，完成了淮北及蚌埠一带淮河流域的查勘工作，并为治理淮河进行规划设计，先后撰写了《导淮计划宣告书》《治淮规划之概要》《江淮水利施工计划书》等导淮著作，张謇的导淮思想也随着调研的不断深入而逐步得到完善，从“复淮”到“导淮”，从“全量入海”到“江海分疏”，提出了淮水“三分入江、七分入海”和沂沭河分治的原则，从而比较科学地解决了淮水的出路问题。

然而，“一战”开始，中法劝业银行所定借款条约由此终止，美国帮助中国治淮的借款也被迫停止，张謇的治淮方案只得泡汤。就在这种情况下，袁世凯迫不及待地黄袍加身，张謇心急如焚，不得不递上辞呈，辞去了所有官职，于1915年8月再次回到家乡，他的治淮梦想彻底地破产。所以，他觉得对不起自己的女儿，没能完成治淮的夙愿，一股愧疚之情涌上他的心头。

四

病入膏肓的张謇终于觉得自己就是一片金黄色的树叶，在树上虽然存活着却无法自由，只有变成了落叶，才能真正拥有心灵的飞翔，即使是飞向生命的终结。张謇的一生确实就是一片在梦想中飞翔的落叶。

张謇的这一生带着浓郁的悲剧色彩，因为他生平志事几乎没有一个实现的。几十年来，他做了办大电力厂、大纺织、大印染厂的梦，没有实现；他做了垦辟沿海几百万亩荒田的梦，没有实现；他做了实现棉铁政策，改革盐法，统一度量衡的梦，没有实现；他做了地方普及教育和民兵制度的梦，没有实现；他做了疏治淮河、运河、长江、洪泽湖的宏伟巨梦，也没有实现。张謇就是在许许多多的伟大梦想里一路狂奔，明知自己无法实现，却要为这一个又一个梦想而一路狂奔，一直奔到生命的尽头。

在他临死之前，他的企业纷纷破产倒闭。中国当时的各种原材料价格大涨，脆弱的民族产业受到严重冲击，爆发了全国性的纱厂危机。再加上晚年的张謇把大量的精力投注于公益事业，大生纱厂的很多利润都被他投入到公共事业上，从而使大生集团资不抵债，不得不宣告破产了。已经七十二岁的张謇晚年居然遭遇如此劫难，他不由得感叹：“不幸而生中国，不幸而生今之年代。”张謇花费一生心血建立起来的乌托邦王国就此陨落谢幕。因此，他一病不起，他知道自己来日无多，便为自己祭奠起来。其实，他不仅是祭奠自己行将就木，而是祭奠自己一生的梦想夭折。

他听着拉魂调的凄惨，看着镇里的袅袅青烟，两行老泪奔涌而下。

几天后，1926年7月17日，被世人称赞为“很伟大的失败英雄”的张謇，就是在这样的无限落寞中黯然离世，他的那座乌托邦象征的工业城也随之走向衰落瓦解。张謇终于挣脱了在树上无法获得自由的生活，飞向那生命的终结，使自己真的化为一片在梦想中飞翔的落叶了。

一曲豪侠时代的挽歌

一

在我看来，逃亡与漂泊是施耐庵自己选择的命运，《水浒传》里描写的无数位英雄的无数次逃亡，其实都是施耐庵按照自己的人生逃亡路线图设计的一次又一次有计划精神出逃，也是施耐庵这位精神漂泊者对小说人物的性格发展所选择的必然路径。

他让自己的精神化作武松一路狂奔去了二龙山，让自己的灵魂化作宋江一路逃亡去了柴进庄上，又让自己的心神化作林冲，杀人之后一路狼狈逃上了梁山泊，他不得不让天下所有的英雄全都和自己一样亡命天涯。

他让自己在一个大雪之夜再一次仓皇出逃，并且为逃亡营造了一个无比悲伤的背景。他让那场元末明初的大雪将原本狼烟四起的中原大地变成了一个银世界、玉乾坤，强劲而寒冷的北风吹得漫天的大雪在这个银玉洁白的世界里横行霸道。他栖身的草屋已经被大雪压垮，他愁眉苦脸地背起那条破棉絮再一次出逃。他望着这场漫天的大雪，想着自己无处安身，一股天不容人的悲伤之情涌上心头。一路的长叹霜飞如舞，一路的逃亡雪飞如花。他一路走一路叹，不由自主地来到一座破庙门前。他让自己无可选择地在这座破庙里暂住一夜，并且浑然不知追杀他的人已经在这里布下了天罗地网。

眼前的这座破庙与他虚构的那座中国古代文学史上著名的山神庙几乎一模一样，很像是林冲被诬陷入狱后发配看守草料场时的容身之地。我推想这座山神庙既是施耐庵逃亡路上一座真实存在的建筑，也是他创作林冲逃亡时虚构出来的一个经典场景。

他让这座充满悲剧色彩的破庙呈现出一片灰暗，让那斑驳陆离的破庙大殿之上高高地端坐着一尊满身灰垢的金甲山神，两边站立着全身泥巴塑成的判官和小鬼，他们全都是青面獠牙、凶神恶煞的模样，供台上面空空荡荡的什么都没有，仅剩下一层落寞已久的灰尘。他让自己奔走了半夜而感到十分劳累，他将那条早已被大雪浸湿了的破棉絮铺在供台上，抖去了身上的积雪，在供台上呼呼睡去了，全然不知追杀他的人已经设下毒计准备将他活活烧死。

突然，他被一阵噼噼啪啪的爆裂声惊醒，睁开眼睛惊恐地看到庙外已经变成了一片火海，大火正在借着北风一路呼啸着向庙里烧来，转眼之间便烧到了供台边口。他赶紧收拾起那床破棉絮急急忙忙地奔出了庙门，刚刚出来就听得身后轰隆一声巨响，破庙的屋顶哗啦啦地垮塌下来。

他让自己虚惊一场。

他惊恐万分地望着被大火映红了的原本洁白的天地，深一脚浅一脚，踉踉跄跄地在漫无边际的雪野上奔跑起来。他实在走不动了，一屁股坐在山脚下一棵随风长叹的老榆树旁，望了一眼远处还在燃烧的大火，一下子晕厥过去了。他已风烛残年，实在无法支撑自己年老多病的躯体。

他在三十六岁那年因为替上访的百姓讲了一次公道话，得罪了县官，愤然辞去了元朝的钱塘县幕僚之后，开始了他一生的流浪和漂泊。他让自己在五十岁以后为张士诚当了两年的参谋总长，又因为张士诚投降元朝而主动辞职，因而在朱元璋建立明朝之后，他变成了被明朝政府追捕的逃犯，又开始了长达二十年的隐匿和逃亡。

他让自己在那棵张牙舞爪地伸着黑褐色枝条的老榆树下昏睡过去，全然不知自己被大雪渐渐地淹没。不远处的大火终于熄灭了，只剩下一股浓浓的黑烟在一片洁白的天地之间上下飘飞。寒风依旧狂啸不已，像是老榆树在不停地叹息。

二

那是秋天里一个充满肃杀之气的傍晚，施耐庵让武松喝足了酒提着一根哨棒，歪歪扭扭地朝山上走去，又让一只已经取了三二十条大汉性命的老虎伴随着一阵狂风窜出来。他让一个醉汉和一只猛虎在这座名叫景阳冈的山坡上狭路相逢，并为此安排了一场生死决斗。按照常理，一个人赤手空拳肯定不敌一只凶猛无比的兽中之王，其结果只能与那三二十条大汉一样，成为老虎口中的美味佳肴。然而他必须让武松取胜，他不得不给武松的身上灌注无限的神威，因此，后人看到武松骑上了老虎的脊背，抡起铁锤般的拳头狠狠地打下去，本来应该取胜的老虎反而不得不跪地求饶，武松自然不肯善罢甘休，一鼓作气将老虎打得断了气，只剩下被扯下来的无数虎毛在四处飞扬。

也许景阳冈武松打虎完全就是一种象征，是施耐庵在对元朝官吏、元末义军和明朝新政的失望，先后主动辞去了元朝钱塘县尹和张士诚的军师之后，将自己为民除害的理想全部寄托于行侠仗义之上。他不得不将那些鱼肉百姓的权贵喻为猛虎，也不得不将打虎的希望寄托于行侠仗义的侠客，而武松自然也就变成了一位除暴安良、近乎神话的草根英雄了。

不要以为小说家肯定全都是手无缚鸡之力的文弱书生，施耐庵恰好相反。他出生于兴化，自小习武，早已练就一身高超的武艺，经常路见不平拔刀相助，该出手时定出手，每次都能解百姓于水火，都能打得地痞恶霸满地找牙。《水浒传》里所有梁山好汉应该都是施耐庵本人崇尚侠义的一种精神化身。

《水浒传》中风风火火闯九州的一百〇八条好汉的共性就是行侠仗义，专打贪官污吏、地痞恶霸，施耐庵本人就是这样一位名震江湖的英雄豪侠。

他在明朝初年为了躲避朱元璋的追捕，隐居在一座长满梨树的小山上。有一天，他看见一个恶霸带着一群打手前来强夺果农的梨园。恶霸见果农家有一个年轻美貌的姑娘，就提出不交出梨园就交出姑娘的要求，老果农跪地哀求也无济于事。就在打手们绑架着年轻姑娘强行拖走时，施耐庵按捺不住心头怒火，一个箭步冲上去，大骂恶霸无耻。恶霸见来人理直气壮，围观的人又越来越多，只好灰溜溜地走了。

当天傍晚，那恶霸打听到施耐庵的隐居之所后，带了一帮打手将施耐庵的住处团团围定。打手们看到身披白色长袍的施耐庵赤手空拳便一哄而上，一个黑脸大汉手举一根铁棒，挟着呼啦啦的风声，朝施耐庵的头顶恶狠狠地劈来，施耐庵侧身摆头，一个“顺风扯旗”让过了棒锋，然后双手乘势抓住了铁棒，同时飞起右脚正好踢中大汉的小腹，那家伙便滚出了一丈多远。施耐庵舞起夺来的铁棒，便是一阵旋风般的横扫。好一场恶战，铁棒挥舞，旋风四起，洁白的梨花随着狂风四处飞扬，霎时间整个格斗场飘飞起纷纷扬扬的梨花雨，施耐庵左冲右突，上劈下砍，身上的白袍飘如飞雁。

像施耐庵这样侠骨柔情的义士，英雄救美而又不图回报，他只是为了行侠仗义，救民于水火。这是施耐庵的英雄本色，也是施耐庵的文人风骨。

三

一江秋水默默无语匆匆东流，一船白帆扯着秋风顺流而下。一个烽烟四起的黄昏，秋风猎猎，残阳如血，古运河里一条乌篷船缓缓前行。船上伫立着战乱逃亡、年已古稀的施耐庵，他凝视着古运河两岸一座座城头冒着的滚滚狼烟，一双老眼不由自主地落下了两行浑浊的老泪。

都是因为他的固执，先有元朝，后又明朝，全部将他作为叛军反贼来通缉捉拿，导致他逃亡了大半辈子，落得个父母客死他乡，妻子病死在流亡的路上，自己身无立锥之地的悲惨结局。想到此，愧疚的热泪如潮水一般从他的内心深处奔涌而出。

他猛喝几口老酒，然后醉眼蒙眬地望着远方的江淮原野，那八百里水泊梁山好像浮现在自己的眼前。那是一片云雾缭绕、漫无边际的湖泊，烟波浩渺、芦苇茂密，聚义岛如仙山一般隐隐约约地耸立于湖心。他似乎听到梁山好汉在此高吼着渔歌。

他好像真的听到了后人为梁山好汉们编写的歌曲似的，一阵冲动伴随着一腔热血，嗖地一下子在他的体内沸腾起来，接着沿着血管一路奔涌到达他的大脑，他迫不及待地铺开纸在上面奋笔写道：

“寨名水浒，泊号梁山。周回港汊数千条，四方周围八百里。东连海岛，西接咸阳，南通大冶金乡，北跨青齐兖郡。有七十二段港汊，藏千百只战舰艨艟；建三十六座雁台，屯百千万军粮马草。声开宇宙，五千骁骑战争夫；名达天庭，三十六员勇将……”

在我看来，水泊梁山其实是施耐庵在他漫长的逃亡旅途中想象出来的，否则它就不会那样明显地带着梦幻的色彩了。梁山泊仅仅生存在施耐庵的脑海里，而现实世界可能并不能真正准确地找到它的踪迹。听说山东、江苏等地都有称为梁山的山峰，不少学者认为《水浒传》中的梁山是指位于今山东省阳谷、梁山、郓城之间的那片湖泊，也有人认为是指江苏省洪泽湖以南兴化、大丰一带水网地区，因为这些地方当年全都是河港千条，湖面宽广。

可是历经了数百年沧海桑田之变以后，这些地方全都是今非昔比，过去的水泊绝大部分现今已变成了平陆，毫无往日“周回港汊数千条，四方周围八百里”的壮阔景象了。因而，我推想梁山泊仅仅就剩下一个非物质的意象，剩下一个能够展示侠义精神的童话世界。

当年的梁山好汉正是凭借这片想象中的水泊天险，“啸聚山林、筑营扎寨、抗暴安良、杀富济贫、替天行道”，上演了一幕幕惊天动地的侠义故事。所以，我倒是认为梁山泊究竟在哪里已经并不重要了，重要的是施耐庵让他的豪侠精神有了生存的空间。

我甚至可以断言梁山泊只是施耐庵站在逃亡的船头臆想出来的一处能够让侠义精神拼搏驰骋的文学背景。那时他正在去苏北淮安水乡隐居避难的水路上，那里肯定会有一片能够让他的灵魂纵横八百里的水泊梁山。

秋风猎猎，落叶飘飞，如血的残阳将正在古运河里行驶的这艘乌篷船染上了一道血色的轮廓。

四

这是一条施耐庵历经了几十年的逃亡生涯之后的必然归途，这条漫长坎坷的大道一头通着南京的大狱，一头通向他逃亡人生的终点楚州，在楚州等待他的是一丘荒坟。在这条归途上，已是古稀之年的施耐庵身心疲惫地躺在那头瘦驴拖着的破车上，让那头瘦驴一步一步地将自己拖向他人生的最后归宿。

他不知道自己将走向何方，任凭那头瘦驴随意前行，可瘦驴居然将他载向了他在南京大狱中想象出来的宋江的墓地——楚州城南门外蓼儿洼。他躺在破车上闭上老眼，听着车轮辗转时发出吱呀吱呀的声响，回想起自己这两年被抓进大牢的如烟往事。

那本在他几十年的逃亡生涯中写成的《水浒传》很快畅销，开国领袖朱元璋日理万机之中抽出宝贵时间，对《水浒传》进行了认真的审查，最后做出了御批："此为倡乱之书也。是人胸中定有逆谋，不除之则遗患无穷。"就这么一句话，使逃亡了一生的施耐庵即使到了七十岁也不能逃脱，他最终被抓进了南京的刑部天牢。

坐了两年的大牢之后，原来一身侠气的施耐庵不得不在心灵上归降朝廷，不得不在狱中将《水浒传》续写下去，他将宋江写成了像张士诚那样接受招安，最后被奸臣毒死，埋葬在楚州城南，至死也不再造反的顺民。朱元璋再一次亲自对续集进行了认真严肃地审查，才勉强同意将施耐庵交保就医释放出狱。

《水浒传》的结局，岂止是宋江接受了宋徽宗的招安？其实质就是施耐庵本人接受了明太祖的招安，是自由叛逆侠义的文人风骨接受了专制统治的招安。

施耐庵坐了两年的刑部大牢，在精神和肉体上都受到了严重的摧残，出狱时已经是瘦骨嶙峋、病入膏肓、步履艰难了。

他好像事先就已经想象到了自己到达楚州之后的最后时光。

施耐庵正躺上那辆瘦驴拖着的破车上，一路颠簸着朝着自己的人生最后归宿缓缓而去，他闭上双眼好像就能看到楚州城南门外的蓼儿洼。他好像看到那里异常秀丽的风景，四面俱水，湖中有山，龙盘虎踞，曲折峰峦，坡阶台砌，四围港汊，前后湖荡，俨然似水浒寨一般。宋江归降之后被上级分配到楚州担任知府之职，一上任就看中了这个地方，并且决定自己死后就葬在这里。

施耐庵想到这里，他那两只昏花的老眼里渗出了两滴浑浊的老泪。

他倚躺在那辆破旧的驴车上，望着前方隐隐约约的楚州城，从瘪瘪的行囊里取出那支心爱的竖笛，靠近白须老嘴呜呜咽咽地吹奏起来。因为中气不足，笛声也断断续续，他随着老驴一路朝他人生的最后归宿——蓼儿洼而来。

那曲凄凄惨惨、悲悲戚戚的笛声，在蓼儿洼的上空盘旋缭绕，经久不散。

他是在为自己一生的侠义吟唱挽歌，也是在为一个豪侠时代的终结吟唱挽歌。

他到楚州租了一处破屋暂住养病，到了明洪武三年的春天就越来越撑不住了，连站立起来的力气都没有，只得终日躺在病床上，最后汤水不进，不省人事，一直等到二弟赶来楚州，他才断断续续地说，他一生逃亡，皆是被《水浒传》所累，希望他的家人此后只在家乡种田过活就好。说完这段话他就咽下了最后一口气。

就这样，施耐庵与他的父母一样也客死他乡。他的二弟将他葬在楚州城南，那里正是施耐庵在《水浒传》第一百回里写的宋江死后葬身之地。施耐庵死后数十年，“其孙家道炽盛，始迁其祖耐庵骨葬于白驹西落湖”。

施耐庵死了，带走了一个豪侠时代。

辑　三

九百年后，中华民族终于寻到了通往实现民族复兴之梦的途径，终于找到了这样的一条真理：只有在共产党的领导下，才能战胜淮河水患，才能使洪泽湖得以新生。

逝去的农具，逝去的歌

一

苏北到处都是一片荒凉，由泥土房屋组成的村庄低矮破旧，东倒西歪，摇摇欲坠。田原上盐碱泛白，干旱龟裂，四处都是不毛之地。一批又一批衣不蔽体的男女老少，背井离乡，外出讨饭。一群乌鸦也饿极了，在天空四处盘旋，声嘶力竭地干号着。挂在半空的太阳，也像失了血性，没有一丝生气。

1949年10月9日，三十多岁的祝家栋，将所有随身用品放在两个箱子里，然后用两个布兜子装好，用一条毛竹扁旦挑着，与被招聘的其他工程技术人员一起，被送往导沂司令部报到，他在路上看到了这幅触目惊心的逃荒图。

在导沂司令部，头两天给祝家栋他们吃的是白面馒头，这批知识分子都是从大城市来的，富裕日子过惯了，馒头上沾一点儿黑的都不肯吃，将馒头皮撕下来，随意扔在桌子上。等大家吃过了，离开桌子，史迪队长不声不响地弯着腰，目光扫视着桌子，发现馒头皮就捡起来，放进自己的嘴里，发现一块，捡起一块，放进嘴里一块。一直到再也找不到了，才转身离开了桌子。

报到后，祝家栋和其他几个人分在第三测量队，负责新沂河东段的测量工作。第三测量队的驻地离司令部二百多华里，还是史队长带领大家前往测量前线。那时，根本没有汽车轮船，这二百多里路全都靠步行。为了赶时间，一天要走八十华里的路。一路上全都在群众家里吃饭，头一顿饭吃的是豆饼和山芋干合在一起做的“杂和饭”。大家一见这“杂和饭”，全都发愣了。史队长把大家叫到一旁，压低声音说：“知道你们吃不下，但大家要明白，这已经是老乡家最好的口粮了。”他指着主人吃的饭说，“看看他们吃的是什么？他们是拿山芋藤和山芋叶煮的猪食汤。”祝家栋随着他指的方向望去，穿着破衣烂衫的一家人，正围在小桌旁喝着碗里黑乎乎的汤。史队长扫视了大家一眼接着说：“老乡拿最好的口粮给我们吃，而我们却不能下咽。况且，这儿有钱也买不到大米白面，就是能买到，我们能吃得下去吗？”大家什么都不说了，悄悄地走回大桌旁，低下头，默默地吃了起来。史队长将自己的“杂和饭”端给了老乡，盛了一碗老乡锅里的“猪食汤”，狼吞虎咽地喝起来了。

后来，祝家栋才知道，史迪虽然也只有三十多岁，却是个抗日英雄，身上有好几处伤疤，1938年就入党了，是个标准的老革命了，现在已经是正团级领导。他也是祝家栋参加工作后，共事的第一个共产党干部。

他们到了测量队驻地后，就马不停蹄地投入到测量之中。当天下午遇到一处低洼地，有一尺多深的积水，又是冬天，水面都结冰了，水下又都是芦茬。那时，肯定是没有条件发雨鞋给大家的。祝家栋他们几个技术员站在水边犹豫起来，不知如何是好。只见史队长一声不吭，挽起棉裤脚，抬脚下了水。大家看了什么都不用说了，全都跟在他的后面下了水。

这是祝家栋刚参加治淮工作时的一段经历。

从此，祝家栋便挑着那副布兜担子，从一个水利工地到另一个水利工地，一干就是十多年。那副布兜和一条竹扁旦，始终跟随他转战南北。

他的那副布兜就是苏北农民上河工常用的泥布兜子。布兜的结构十分简单，一块四方的厚布，四角拴上两根绳套，装泥、提泥、倒泥，非常轻巧灵便，祝家栋用布兜来装运行李用品，确实十分方便。

祝家栋正是从这时起，养成了艰苦朴素的习惯，当然也是因为这时太苦太累而得了肝病。1959年在万福闸工地，他没日没夜地拼命干，工程终于赶在1960年汛期到来之前完成了，可他因为过度疲劳肝病复发而住进了医院。

一场大病使他瘦得像个猴子，没了人形。

二

其实，在新中国刚刚成立时，要搞这么大规模的治淮工程，困难多得让现在的人们难以想象。当时，发生过一个“宿迁运草事件”。在导沂工程开始之后，导沂司令部下达了一亿斤粮草的运送任务。在宿迁送粮的几千个民工纷纷表示，自带干粮，不吃一斤公家粮，不烧一把公家草。后来，粮草全部运到了，果真没少一斤粮，没少一把草。但是，有四十九位民工献出了他们年轻的生命，其中十二位民工因冻饿而死，三十七位民工是在抢救翻车中负伤，后来不治身亡的。试想，这批民工运送的就是粮草，却宁愿自己饿死冻死，也不吃公家一粒粮，不烧公家一把草。这种精神是何等崇高？一路上，他们还高唱着铿锵有力的“语录歌”：“下定决心，不怕牺牲，排除万难，去争取胜利！”他们就是唱着歌，饿死、冻死、受伤而死的。

祝家栋也是一个“一不怕苦，二不怕死”的人，在治淮工地上南征北战，餐风饮露，他的心却很满足，觉得能为国家治淮发挥自己的一技之长，真正是自己一生的幸运。所以，不论遇到什么困难也吓不倒他。每当遇到困难时，他总是哼上一段京剧给自己提神。他喜欢唱京剧，什么“西皮二黄”“慢板流水”，都能哼上一段。他还会拉京胡，剧团到水利工地慰问演出时，他有时还会上台拉上两段。他喜欢唱的京剧唱段就是西皮原板《共产党员时刻听从党召唤》：“共产党员时刻听从党召唤，专拣重担挑在肩。一心要砸碎千年铁锁链，为人民开出万代幸福泉。明知征途有艰险，越是艰险越向前。任凭风云多变幻，革命的智慧能胜天。立下愚公移山志，能破万重困难关！”其实，他还不是党员，但是他的亲身经历让他明白了只有共产党才是真正为老百姓治淮的人，跟着党干，才能迎来他自己事业的辉煌。

祝家栋是个乐观豁达的人，当年除了唱京剧外，还喜欢唱这两首“流行歌曲”：“毛主席的战士，最听党的话，哪里需要到哪里去，哪里艰苦哪安家！”“我们走在大路上，意气风发斗志昂扬，我们肩负着革命重担，披荆斩棘奔向前方！”他就是唱着这些歌，转战十多个水利工地的，也是唱着这些歌，在五十岁那年累病了，住进了医院。

祝家栋休养了一年，身体还没有完全康复，就主动要求重返水利工程第一线，一直干到1966年。在这十几年里，他参与了苏北的十几个大中型水利工程建设，总是挑着他那副布兜担子，从一个工地到另一个工地，居荒野，住工棚，披星戴月，顶风冒雨，晒得一脸乌黑。他变得不像一个高级知识分子，倒更像个农民。等到工程竣工，管理处建得像个花园，他又挑起他的那副布兜担子，到下一个工地去搭工棚了。最终，他就病逝在那里。

祝家栋死后，家里一贫如洗，连一件像样的家具都没有，更不用说存款了。他是水利工程师，手中掌握的建筑材料的价值都是按亿计算，可是家里用一根钉子、一寸铁丝都是上街买的。有一年他家里的水缸裂了，那时买不到水缸又没有补缸的，不知妻子叽咕了多少遍，他才破例用报纸包回一捧水泥补缸。这是他一生中唯一一次“以权谋私”。他家中除了公家租的板床、方桌、条凳这些简陋家具外，只有一只妻子陪嫁的描金箱，和一只他在新中国成立前买的柳条箱。他每次到新工地就是用那两个布兜，将这两只箱子放在兜里，用竹扁旦一挑，就算全家搬走了。

他临死前已经变骨瘦如柴，指着那副黑渍渍的旧布兜对家人说，火化时别忘了它们。就这样，那副布兜担子成了他的殉葬品，和他的尸骨一起化为灰烬。

三

“共产党领导呀，妇女能工作呀。我们来唱呀，妇女解放歌呀，振起我精神呀，巩固我力量呀，努力去奋斗呀，胜利归我们呀！”这是1949年11月，在导沂整沭大战开始前，沭城区昭德乡的二十六岁女乡长尤庆兰和20多个年轻妇女，一起找到区领导，要求上河工时唱的《妇女解放歌》。区领导们被她们这么一唱感动了，最后批准了她们的要求。

尤庆兰在河工上被选为女民工班的班长。她们主要用腊柳筐抬泥，或是用独轮车运泥。新沂河宽有一公里多，从中泓把泥运到河堤，负重上坡一个来回就有两公里多的路程。尤庆兰的女民工班起早贪黑，每人平均一天运泥五十趟以上，要走一百多公里的路，有二十天她们还创造了平均每天运泥七十趟的记录，每天要走一百四十公里的路。开始一段时间，她们的脚肿了，腿肿了，双肩磨破了，十八岁的任秀英都累哭了。尤庆兰就让她在独轮车前面用绳拉，对她唱起了当时最流行的歌："我们走在大路上，意气风发斗志昂扬，我们肩负着革命重担，披荆斩棘奔向前方！"任秀英咬着牙坚持下来了，越干越有劲，后来还被评为全县一等导沂模范。像尤庆兰、任秀英这样的女民工，在导沂治淮的工地上一共有三万多人，在治水工棚里生下了"治淮宝宝"的妇女就有六十一人。

尤庆兰的女民工班还是个歌咏队，在工地中途休息的时间，成千上万的民工将她们围在中间，听她们激情昂扬地唱歌："解放区的天是明朗的天，解放区的人民好喜欢，解放区的太阳永远不会落啊，解放区的歌声永远唱不完……"每天挖土运土已经够累的了，身为乡长的尤庆兰，还经常在晚上收工后，替男民工们洗衣补鞋。最多的一天，她一口气洗了三十件衣服，补了十七双鞋子。她一边洗还一边唱："戴花要戴大红花，骑马要骑千里马，唱歌要唱革命歌，听话要听党的话！"就因为尤庆兰她们女民工班全都喜欢唱歌，她们被称之为"女子歌咏队"。伴随着满载土方的小车发出的吱嘎吱嘎的车轮声，她们的歌声四处飞扬。

正是她们这种治淮精神，也给独轮车赋予了坚韧乐观的品格。

独轮车在苏北被简称为小车。当年的独轮车，车轮都是木制的，有大有小，小者与车盘平齐，大者高于车盘，苏北一带大都是小车轮子。在两个车把之间，挂上一条“车绊”，推车时搭在肩上，两手握着车把。还可用一条绳子系在独轮车的正前方，让人往前拉。河工上坡的路很费力气，下坡的路又会使车身向下滑倒，只有老车把式才能把握得住。这样的独轮车是治淮工地上的主要运输工具。治淮大战的胜利，也可以说就是用小车推出来的。

那段艰难的治淮岁月，也就是从独轮车吱吱嘎嘎的车轮声中走过来的。

埠子区民工董继德，专门为自己编了一个超大柳筐绑在独轮车上，车头上的土总是堆得高高的，民工们都叫他“董大车”。有一天，他累病了，发了烧，却瞒着大家，咬着牙坚持上工，后来晕倒在小车旁边。他被送到医疗站，吃了药，发了一身汗后，又偷着跑回了工地，推起他那辆最大的独轮车，结果累得吐了血。

像董大车这样累病了的民工还有很多。据记载，为了导沂整沭工程能够按时完工，各个民工团都加班加点赶时间，每天要推车十二个小时，民工的体力消耗达到了极限。泗阳总队三万多民工中，当时除患肠胃病不能工作的四千人外，推小车过度劳累而吐血的就有七百余人。

然而，条件再差，干活再累，生活再苦，全都吓不倒治淮的民工。因为大家全都明白，只有跟着共产党根治了淮河的水患，自己才能过上好日子。在开挖入江水道的工程中，有二十万民工推着十万辆独轮车参战，广阔的苏北平原，绵延几百里的入江水道工地上，一片火热景象，歌声、劳动号子声，吱嘎吱嘎的车轮声，汇成一片，响彻云霄。有位四十八岁的农民叫闫景贵，淮河洪水夺走了他三位亲人的性命。新中国成立后，他虽然只有一只手，每次治淮他都积极报名参加，领导不让，他硬是跟着治淮的队伍跑了几十里。开始的时候，挖土的铁锹不听使唤，推车时车子一边倒，他就用残疾了的左胳膊压住铁锹铲上土，用左胳膊顶住车把练推车。一次又一次，右手磨出的血泡一层又一层，左胳膊磨得又红又肿。后来，铁锹、小车都成了他得心应手的工具。工地上还有一个民工小组，共三个人，一个是小学老师，一个是哑巴，一个是半百老人。三个人自愿结合成挖泥小组后，哑巴负责挖泥，半百老人负责推小车，小学老师负责拉车。他们三个人配合默契，挖的土方比有的强劳力组还要多。那年冬天下了一场大雪后，泥土被冻得像钢板似的，民工们抱来柴草烘化了冻土，又用榔头夯、木棍撬，然后将大小像磨盘似的冻土搬上了小车，几个人一起推。他们还边干边唱起了："团结就是力量，团结就是力量！这力量是铁，这力量是钢！"

如今，他们战天斗地的身影变成了一个时代的背影。如今，他们的歌声已经飘失，他们的小车已经消逝，他们的历史也已远去。几十年后，当年参加导沂工程的全国特等劳模尤庆兰，已经八十岁高龄了。每当汛期来临，她总是喜欢站在新沂河边的高地上，望着河道里奔流不息的河水，脑海里又浮现出当年战天斗地的治水场景，情不自禁地哼起了《妇女解放歌》。只是这时她的牙齿已经掉光，唱起歌来吐词已经不清了。

四

在那段治淮的艰苦岁月里，虽然物质条件艰苦，人民群众还是充满了乐观，还是斗志昂扬。他们高唱着《战天斗地歌》："战天，降雨我们管！斗地，开水利良田！人心齐，意志坚，敢揽日月上九天……"这些激情飞扬、铿锵有力的歌声，在那个艰苦的治淮时代唱响，也在每一个前辈的心头唱响。洪泽湖蒋坝水位观测站李泽銮一家四代坚守观测水位的故事，正是这种乐观坚韧精神的一种表现。

洪泽湖蒋坝水位观测站是1913年建立的，第一代水位观测员李长源是李泽銮的父亲。李长源原是洪泽湖大坝上的一个汛丁，在多年报汛中认真负责，一丝不苟，还会写一手工工整整的毛笔字。后来，他学会了观测记录方法，成为蒋坝水位站的创始人，使洪泽湖首次有了正确的水位记载。从此以后，不管是战争岁月还是灾荒年代，他都始终坚守观测站。日军侵华战火烧到洪泽湖边时，百姓们四处逃亡，年已七十七岁的李长源躲进芦苇丛里，坚持观测水位。后来，他的这些可靠翔实的水文资料，为新中国修建大型水利工程设施派上了大用场。1953年，年已九十三岁的李长源去世后，他的儿子李泽銮继承了他的事业，从此一干就是十三年。

李泽銮坚守洪泽湖观测站时，望着茫茫湖水，寂寞时就是喜欢哼一段那时流行的《继承革命的传家宝》：“不忘阶级苦，不忘创业难。继承革命的传家宝，红色江山永不变，永远跟着毛主席，接班任务我们担……”

这年冬天的一个黑夜，暴风雨向洪泽湖袭来。为了能看清水位，李泽銮撑着一条小船下湖观测。在浊浪颠簸中，左棹突然失控，顷刻小船横了过来，与湖浪成了平行方向。他拼足力气，想掉转船头挽救危局，可小船被汹涌澎湃的大浪掀了个底朝天。他从倒扣的船下钻出水面后，只好弃船泅渡上岸。这时，他的脑子里居然闪过那句“继承革命的传家宝”的歌词。

从此，李泽銮受寒生病，一病不起。临终前他对儿女们说：“你们要继承革命的传家宝，我就是倒下了，水尺也要在湖中立着。”李泽銮去世后，女儿李维芳从1966年到1984年，一干又是十九年。第四代水位观测员李国清，又从姑妈手中接过了这一事业，一直延续至今。

当然，他们后来不需要再像前辈那样，赶着驴车去送水文资料了，现在有了手机、电脑。那头老驴也早就病死了，那辆驴车已经变得破烂不堪，满是灰垢地停放在他家的后院。车轮已经脱落，车把已经断裂，车身也已腐烂，慢慢地消逝在历史的时光里。

一座湖的前世今生

洪泽湖已经变成调节大运河水位、保证大运河畅通的关键性水利设施。

——题记

一

洪泽湖的美，美就美在洪泽湖的水。

洪泽湖的水，不像太湖那样秀丽，也不像微山湖那样豪放，而是多了几分古朴原始，古朴的品质，古朴的相貌，还有古朴的风度。

当一轮红日跃出湖面，将湖上高扬的千帆构画成一幅剪影时，你会看到，在太阳的照耀下，湖水闪动着一片片耀眼的光亮，湖面映衬着一片片船帆的倒影，这时你更会感觉到湖水显得格外古朴原始。

水天准楚，千帆林立，数不清的野鸭蜂起浪间。三两渔舟，撒网摇橹，在旭日的辉映下，全都披上了一层金灿灿的晨装。在水漉漉的清晨，乘一艘帆船向湖心驶去，就会觉得水气越来越重，空气越来越清新。甘甜的湖水下，是鱼鳖虾蟹和水生植物的世界，湖水之上是鸡鸭鹅和水鸟的天地，而宽阔的湖面上则白帆点点，机声隆隆，南来北往的运输船队和撒网垂钓的渔船，川流不息，构成了一幅洪泽湖独特的美学画面，描绘出洪泽湖的古朴原始之美。

跟随帆船在湖上行驶，你还能看到湖边的九处避风湾。因为洪泽湖水深浪大，为了保护过往船只的安全，在湖东岸建有蒋坝、高良涧、九龙湾、夏家桥、周桥五座避风港，后来又在洪泽湖心建了一座避风港，另加三座船闸，现在洪泽湖共有九处可供船民避风的港湾。无数条帆船，无数根桅杆，在湖湾高耸，又形成一个湖湾里的船世界。那帆船叠加形成的风景里，洋溢着湖水的腥味，又将洪泽湖水的清纯演绎成船的热烈和浪漫。

每当汛期来临，避风港外，湖面波涛汹涌，浪花像飞雪一般翻腾，百里大湖响起阵阵波涛，震撼着大千世界。汛期一过，万船出港，千万根竹篙划动湖面上烟霞乱飞，无数面白帆呼呼啦啦地升腾而起，撩启湖上的另一番风景。

洪泽湖西高东低中间洼，呈不规则几何形态，从东北至西南方向筑有拦水坝，其余都是天然湖岸，岸线弯曲，岸坡平缓。全湖水域由成子湖湾、溧河湖湾、淮河湖湾三大湖湾组成；当水位十二点五米时，湖水面积为一千五百九十七平方公里，汛期面积可扩大到三千五百平方公里。明清以来，湖水全凭洪泽湖大堤作为屏障，也就形成了一座高于地面的悬湖。

悬湖百里，波澜万顷，浩浩荡荡，横无际涯。和风丽日时，碧水如镜，波光粼粼；若狂风乍起，浊浪排空，大势磅礴；云雨既来，湖天一色，迷蒙混沌，犹如遗世隔俗。这动静嬗变，是洪泽湖的喜怒哀乐，是洪泽湖的悲欢离合，也是洪泽湖古朴秉性淋漓尽致的表达。

当高悬的烈日、波涛汹涌的湖水和湖上的渔舟，构成一幅洪泽湖水上的风景画时，一阵阵悠长的歌声，便穿透那浓浓的水汽向你飘来。“湖水悠悠流，扁舟水面走。妹如比作水呀，哥愿比作舟。”这是充满阳刚、充满力度的青春表白，那边又传来渔姑的婉约和多情：“哥是天上一条龙，妹是湖水花上蓬；龙不翻身不下雨呀，雨不洒花花不红！”这里正在演绎着又一个古今不变的永恒故事。

当来到洪泽湖南，我们还会看到，洪泽湖与千里长淮在这里交汇，又与岸边的老子山构成一处山水相依的原生态风光。洪泽湖水在这里居然变得更加纯朴、有了温度，这里便是洪泽湖的温泉了。温泉水质含有多种人体必需的微量元素，具有改善人体机能，调节神经，扩张皮肤血管，解酒醒神等功效。老子山温泉水温高达63℃，泉质优良，清澈透明，它将洪泽湖水的古朴之美表达到了极致。

此时此刻，洪泽湖水的原生态世界里弥漫了浓浓情意，充满了缠绵悱恻。当然，烟波浩渺的洪泽湖古朴之美远不止此。

当你随帆船晚归，夕阳西下，湖面上的归帆在晚风中呼呼作响，一阵悠扬婉转的牧笛声从远处的帆船上传来，吹动一湖的秋水随之幽咽，也牵动着半湖船帆的归魂。

洪泽湖水的古朴之美，肯定还包含着前世的悲壮。

二

当你来到洪泽湖岸边，踏上百里长堤，从淮阴区码头镇的石工墙出发，沿着千年古堤向东南行走，你就会深深地体会到，洪泽湖就是一部悲壮的历史。

万石筑堰，千年古堤，百里长坝，横亘江淮连云碧；朝映垂柳，夕阳弄潮，月色笼烟，满湖渔火接天晓。春天的长堤，绿树满堤，长堤便像一条蜿蜒在大地上的绿色长龙。那茂密的林荫，新鲜的空气，清脆的鸟鸣，和煦的湖风，犹如步入人间仙境；夏季的雷雨又使长堤变作一条搏风击雨的龙王，当狂风暴雨降临，大湖掀起万顷巨浪，发出阵阵怒吼，而百里长堤坚如磐石，岿然不动，又呈现出一幅惊心动魄的战洪图；秋天到来，堤上森林黄灿灿的一片，长堤又变成一条金龙，夜雾在湖面上笼罩，白茫茫的水天相连，无数渔火闪烁在雾间水上，使你站在长堤上，犹如登临海市蜃楼的仙境；冬雪将长堤变成一条银色的长龙，大湖也披上一层银装，洪泽湖又变成了银装素裹的洁白世界。

登上百里长堤，如同登上水上长城。洪泽湖大堤全长一百三十四华里，全部用石料由人工砌成。东汉建安五年，广陵太守陈登主持建筑，初为三十华里，始称高家堰。我站立在这高高的大堤上，极目远眺，不禁想起这条洪泽湖大堤的历史。

南宋建炎二年，金人第二次攻破开封的前夕，杜充不敢迎战，下令掘开黄河大堤，人为地造成了黄河夺淮的大灾难，洪泽湖由此形成。此后，黄河夺淮日益频繁，使洪泽湖底淤积垫高，湖水常常漫溢成灾，修筑大堤已势在必行。《淮民谣》中“谁谓洪泽宽，一身无所依。荒村日西斜，破屋三两家”的曲调，哀婉的声韵，悠长的淮腔，正是因为洪泽湖经常泛滥成灾造成的。明永乐年间，河漕督运陈宣在武墩至周桥之间兴工修堤。明万历年间，总理河漕潘季驯将大堤延筑至蒋坝。至此，洪泽湖大堤基本建成。从明万历八年起，洪泽湖大堤的迎水坡就开始增筑直立式条石墙护面，时称石工墙，历经明清两代一百七十一年形成规模。石工墙使用千斤重的条石及糯米石灰浆砌筑，共用条石三十多万块，规格统一，筑工精细，充分显示了我国古代水利建设的高超技艺。现在远远地望去，洪泽湖大堤就像一条水上长城，蜿蜒曲折，雄伟壮观。

洪泽湖百里长堤的古老和博大，积蓄着黄河夺淮后900年历史的沧桑；洪泽湖百里长堤的恢宏和磅礴，更蕴含着江淮百姓祖祖辈辈与自然灾害抗争、与封建制度抗争流下的汗水和血泪。所有这些都汇聚在一起，便构成了洪泽湖的厚重与悲壮的历史。

当你沿着大堤继续往前行走，你就会觉得，留给洪泽湖的歌谣，绝非只有像《淮民谣》那样的凄凄惨惨戚戚。如果说洪泽湖的一片汪洋，是九百年黄河夺淮水灾的汇集，如果说那高出地平线二十多尺的湖底泥沙，是九百年江淮百姓的苦难沉淀，那么湖边一百三十多华里长的人工大堤，不正是苏北民众与天抗争、与人抗争的印证吗？曾记得抗战刚开始，新四军便在洪泽湖神出鬼没地打击敌人。张爱萍同志便站在湖堤上唱出了“淮上天方晴，洪泽水翻腾。敌伪西扫荡，韩顽东侵凌。军民齐携手，两面打敌人”的昂扬战歌。

我想，这就是贯穿洪泽湖九百年的英灵吧？这就是洪泽湖纵横三千里的水魂吧？正是这样的壮烈、这样的坚韧，和着委婉，和着多情，也和着凄惨，构成了洪泽湖大堤的人格力量，构成了江淮百姓的人生走向，也构成一个完整的洪泽湖悲壮的人生。

悲壮的大堤，悲壮的湖。

当你来到三河大闸边，看到毛泽东“一定要把淮河修好”的石碑高耸在大堤上，望着脚下新中国成立后全面翻修改建的百里大堤，联想起高良涧闸、杨庄闸、淮沭新河和苏北灌溉总渠等大型水利枢纽工程，你不禁会把刚才的悲壮和着一种高亢，和着一种激越，也和着一种对未来的热望，去引吭高歌："悠久的古堤百曲弯长，到处展现出壮丽的风光。东看田野，翻滚金浪，西望湖水，千帆飞翔。洪泽湖大堤，多么美丽，多么雄壮！"这便是洪泽湖的厚重之美了。

厚重的大堤，厚重的湖。

洪泽湖的美是厚重之美、悲壮之美。

如今，当你行走在这条遍植树木的大堤上，你肯定会被这座举世无双的悬湖的深邃内涵所陶醉，你肯定会被这座大湖厚重的魅力所倾倒。那百里长堤用忍辱负重的坚韧承担了九百年的悲伤，那大堤上铁铸的九牛二虎一只鸡，就是洪泽湖身边的饰物，她用善良与勤劳装点着自己的期待，那湖底的古城与明陵，就是洪泽湖的腑脏，她用沉默的废墟，抒发着生命的悲壮，那宏伟壮观的水利枢纽就是洪泽湖的臂膀，托起了苏北经济复苏的一轮火红的希望。

厚重悲壮的百里大堤就是洪泽湖的脊梁。

三

寒风呼啸，晨雾缭绕，几十条渔舟一起扬帆，与太阳一起离港追赶鱼汛。广阔的湖面万顷碧波，成千上万条鱼，在湖水里成群结队地向东游去，无数条白帆在湖面上鼓起风帆，一路追赶而来。这时，所有渔舟上赶鱼的踏板，齐心协力地敲击起船舱，发出一片围追堵截的声响，像是在这广阔无垠的湖面上，一齐燃起的鞭炮，噼噼啪啪，响彻云霄。原本早起、正在吃早餐的鱼儿，一下子惊恐万状，四处游蹿起来。这声响不但惊动了湖里的鱼们，还惊动了湖上惨淡的太阳，更惊动了一湖清纯的水。

这是入冬后的一个清晨钱码村渔民集体围捕的情景。几十艘帆船在洪泽湖一望无际的水域，同时在白色的晨雾里拉网作业，形成了一道清纯美丽的风景。不多时，一网网活蹦乱跳的鱼儿就被捕捞上来，倒进了船家的鱼舱。渔民徐老大高兴得合不拢嘴，他下了第一网就打了一百五十公斤，他的脸上洋溢出丰收的喜悦来。在这浩瀚无垠的洪泽湖上，一轮冬阳当头，无数渔帆高悬，一片片渔网撒向空中又落到湖里，此起彼落，所有渔船的舱里全都装满了活蹦乱跳的鱼，也装满了渔民的喜悦，所有的这些全都给洪泽湖增添了几分原生态的纯情。

洪泽湖的美，是清纯之美。

自古以来，洪泽湖渔民便传承了“以船为家，漂泊水上，居无定所，捕鱼谋生”的习惯，也养成了纯情憨厚、勤劳朴实的纯朴品性。那时的渔民全都是个体作业，全都使用只能容下两口之家的“连家船”。渔民们根据不同季节，选择不同的渔网，有披风网、捣网、抬网、圈网、丝网、麻虾网。那时的渔民没有固定的捕捞水域，他们撑起“连家船”，带上这些渔网，终年漂泊在洪泽湖上。他们以家族聚居，以姓氏为群体，终年以捕鱼糊口，生活穷困，衣衫破烂，所以被称之为“渔花子”。民谣中唱的“全家睡破舱，吞菜又喝汤，肚子吃不饱，两眼泪汪汪”，就是那个时代渔民生活的真实写照。新中国成立后，特别是根治了淮河、洪泽湖的水患之后，渔民的生活逐渐变好，也就出现了“50年代船舱是家，60年代草屋篱笆，70年代泥墙土瓦，80年代楼上楼下，90年代电灯电话，新世纪高楼大厦”的新生活。

水患被根治之后，洪泽湖变成了鱼米之乡。洪泽湖的水底世界拥有鱼、虾、蚌等水产品一百多种，水生蔬菜莲藕、菱角、茭白、水芹等三十多种。洪泽湖最具代表性的鲜味水产是大闸蟹、甲鱼、鳜鱼、白鱼、银鱼、青虾、回鱼、鳗鱼，而洪泽湖大闸蟹因为个大、螯肥、肉香而扬名大江南北，成为洪泽湖水产品中的“形象大使”。

洪泽湖湖面广阔，湖边滩多，水草生长不均，水域深浅不等，各种鱼类分布和繁殖情况也因区域、水情、草情的变化而不同。所以，渔民们将洪泽湖的水底世界划分为四个渔区：大滩洼渔区，位于洪泽湖南部，是淮河家鱼生长区；成子湖渔区位于洪泽湖北部，主要有鲫鱼、鳊鱼、螃蟹；湖西渔区主要有鲤鱼、乌鱼、青鱼、鳗鱼；湖东渔区主要生产银鱼、鲚鱼和秀丽白虾等。如今渔民在鱼汛到来之际，集体出动，找准渔场，追赶鱼群，同时捕鱼，收获大大提高，也就出现了钱码村渔民集体围捕的宏大场景了。

“洪湖水呀浪呀嘛浪打浪啊，洪湖岸边是呀嘛是家乡啊，清早船儿去呀去撒网，晚上回来鱼满舱啊。四处野鸭和菱藕，秋收满畈稻谷香，人人都说天堂美，怎比我洪湖鱼米乡啊！”我觉得这首曾经在20世纪50年代流行全国的歌曲，其实不只是歌唱湖北洪湖的美丽，分明还是歌唱江苏洪泽湖的清纯!

你瞧，夕阳西下的洪泽湖晚景，不正是给我们展现出一幅装满船舱的渔舟归航，湖面歌声飘飞的美丽清纯的画面吗？这时，无数只大雁听到了一曲悠扬婉转的渔笛，在寒风中围绕着船帆、伴随着曲调，翩翩起舞。夕阳如火，晚霞斑斓，整个洪泽湖便披上了一层金黄色，金光灿烂的湖面，金黄色的渔船，金黄色的帆。优美的湖光水色，渐渐西沉的夕阳，缓缓移动的帆影，放声歌唱的渔民，这一番番美丽清纯，全都融进了渔笛声里，化作一首洪泽湖美丽清纯的抒情曲，而荡桨声、摇橹声和浪花飞溅声，也组成了渔歌唱晚的动人辅乐。最后，几十条渔舟渐渐地驶近湖岸，又将这幅渔歌飞扬的场景拉到了湖岸。

这便是洪泽湖清纯美丽的音乐品质。

四

洪泽湖的美，还是中和之美、刚柔并济之美。

洪泽湖的中和之美主要表现在洪泽湖的树。洪泽湖的树不像江南太湖的树柔情似水，也不像山东微山湖的树粗犷豪放，而是刚柔并济、南北兼容。

洪泽湖周边的树，东岸长堤上的主要是白杨，南岸老子山上的主要是白杨，西岸国家森林公园上的大都还是白杨。洪泽湖白杨是一种落叶灌木，最高能长至二十米，树冠呈圆形，到了秋天长出了满身的金黄叶，就像是一个巨大的金色华盖，风流倜傥。这种白杨不讲究生存条件，田上、湖边、路旁，有泥土的地方，就是它生存的地方。它不追求雨水，不贪恋阳光，哪怕在板结的土地上，只要给它一点儿水分，白杨的一截枝条就会生根抽芽。它不需要人去施肥，也不需要人去浇灌，只要给它一点儿宽松的环境，让它吸收自由的空气，它就会挺拔向上。正是由于它们的这种秉性，它们才能无怨无悔地在洪泽湖这样曾经灾难沉重的土地上成长。洪泽湖白杨，不像江南太湖的香樟树那样雍容华贵，也不像山东微山湖的刺槐那样粗犷豪放，却多了几分随遇而安、与世无争的中和包容。

洪泽湖白杨树林的代表作，自然是国家级的洪泽湖森林公园。这是一座天然植物园，位于洪泽湖西岸，占地面积一万两千两百亩。我踏入森林公园的大门，沿着蜿蜒的林间石板小路向前漫步，就会看到林间树木笔直耸立，树间小鸟嬉戏，耳畔蝉鸣阵阵，脚下踩着松软的落叶，顿感一股浓郁的野趣向我扑面而来。

从一座索桥过河，就是那座郁郁葱葱的大森林了，只见林间小径的上空，已经被浓郁的树木遮掩得严严实实了。小径的两侧都是各种叫不出名字的奇树异草。这里繁衍、生长着二百八十多种高等植物、八百三十多种中草药。那挺拔高大的罗汉松、奇干怪枝的苦栋，还有葛根、地皮菜、何首乌、马齿苋，当然还是那挺拔林海的白杨最多。

我走进洪泽湖国家森林公园的大门，就一脚跨进了秋天，一脚跨进了由黄叶渲染而成的板画意境里。那生长在洪泽湖边的一大片一大片艳丽夺目的黄叶，就是大湖胸前的装饰，就是大湖内心的柔情，更是千里洪泽湖飘逸不散的魂。

清晨时分，朝阳喷薄欲出，湖边白杨的黄叶好似刚刚睡醒的羞赧美女绰约秀丽。随着旭日东起，云雾散去，黄叶由暗变亮，一眼望去，金黄一片。到了傍晚，彩霞轻笼，层层叠叠的黄叶被雾锁云封，此时人仿佛置身于梦幻的仙境。站在早晨的湖边于眉间搭起凉棚朝远处遥望，那一大片一大片的黄叶，就像给这无边无垠的洪泽湖，用大写意的手法点缀了金砂，而中午登上观景台扶着栏栅朝下俯视，透过缭绕在湖水间的白雾，那一大片一大片的黄叶却又像一缕缕云霞。它们每一根枝条都延伸出无数片心脏形状的黄叶，每一片黄叶都迎着轻柔的湖风摇摆出它们生命的最后热情，又哗哗作响地留下了无数个细言碎语，这是它们在与树干作最后的生死诀别。

于我看来，在黄叶们浓妆艳抹、祥和温情的外表里，蕴含着一种坚韧不拔的生命意义。无数片黄叶伴着秋风的节奏，在洪泽湖边的广袤平原上，上下飞舞着，左右翻转着，前后飘飞着，高低起伏着，快慢盘旋着，飘飘洒洒，纷纷扬扬。这时，树上摇曳的、空中飞舞的、地上回旋的，全都是黄叶的身影，洪泽湖国家森林成了黄叶的世界。

黄叶肯定就是英雄的魂，就是洪泽湖的魂。

五

大气与悲壮是洪泽湖的品格，也是洪泽湖美的特质。

洪泽湖的美是大气之美，是悲壮之美。当你登上水上立交桥头堡的观光电梯，直达高耸入云的观景台时，你就会深深地感受到这种大气与悲壮相融的品格了。

初冬的风就是带着这种大气与悲壮，呼呼啦啦地向你涌过来，一幅大气磅礴的洪泽湖水景便展现在你的眼前。冬日的风成为辽阔而壮美的水景里的风骨，会让你荡气回肠，激情万丈。

大气成为这幅洪泽湖水景的线条轮廓，悲壮成为这幅洪泽湖水景的深刻内涵。我便是被这大气恢宏的线条和悲情厚重的内涵深深地震撼了。这座位于洪泽湖北岸的水上立交，那两座七层高的桥头堡就高达三十三米，底座为浅灰色花岗岩古城墙，上部则呈现出江淮古民居的青色屋檐，远远地望去就好像两座高耸入云的宝塔，从大气中透出悲壮，从古朴中流露出厚重。我置身于这大气壮美之中，伫立在云彩飞扬之间的塔顶，我的视野顿时开阔，脚下的钢索缆桥酷似两条巨龙，将京杭大运河牢牢地揽入自己的怀中。它们用自己大气磅礴的风格，给这座淮河和洪泽湖的入海水道的标志性景观注入了生命的内涵。

站在水上立交的观景台上，极目远望，河道纵横，入海水道大堤像两条巨臂，护卫着水上立交。水上立交的上部是京杭大运河，南北航运，船队浩荡，往来如梭。水上立交的下部则是十五孔巨大涵洞，又自西向东沟通了洪泽湖新建的一条入海水道。这座淮安水利枢纽工程使京杭大运河和洪泽湖的入海通道交叉而过，上下河道分成两层，各行其道，互不干扰，成就了一幅洪泽湖大气壮美的现代水景图。

这座水利枢纽工程位于江苏省淮安市南郊，是京杭运河与洪泽湖的两条入海水路（淮河入海水道和苏北灌溉总渠）的交汇点。水上立交是淮河入海水道与京杭大运河各自独流的大型立交工程，上为大运河用于航运，下为入海通道用于泄洪，主要建筑物有入海水道穿京杭运河立交地涵，以及古盐河与清安河穿堤涵洞、渠北闸和入海水道北堤跨淮扬公路立交旱闸，整个工程投入三点五亿元，2000年10月由国家水利部批准兴建，2003年建成，其规模为亚洲最大。

这时，我站在观景台上兴奋地看到，日夜奔流的淮河入海水道上面，竟然交叉着另一条大河：著名的京杭大运河，河面上又居然有千吨级的货船穿梭而过。两条奔流的大河在这里呈现出令人叹为观止的壮观场景。我想这便是洪泽湖的大气之美的外在形象了。

岸边的淮水安澜陈列馆给我们展现了历史上洪泽湖边的淮河、黄河、运河三条河流在这里交汇，成为历朝历代最难治理的地方。历史上的交汇点位于今天淮安北郊的清口。清康熙二十七年开成中运河后，运河自北而南在清口处与黄、淮交叉。作为三条大河交汇点的清口，也就成为治理水患的重点。为此，清代兴建了大量的水利设施。但是，这些工程仅能延缓黄河的淤堵，到乾隆以后清口处黄河终于淤高，南灌运河口，西淤洪泽湖口，淮水不能出，运河口不能开，最终还是无法解决保运治水的目的，水患还是连年发生，运河还是时常断航。这便是我从当今的水上立交这幅大气磅礴的画面里读出的历史悲壮了。

从根本上解决黄淮运三河相交的历史难题的取决于我们的社会体制。只有在社会主义制度下，在党的领导下，我们的民族才能真正地解决这样的世界难题，才能创造出水上立交这样的奇思妙想，才能创造出水上立交这样的世界奇迹。这时，你或许才能真正体会到洪泽湖的大气之美、悲壮之美的丰富内涵了。

为了真正使洪泽湖的水患得到根治，除了建设这座水利枢纽工程而外，还建有气势雄伟的三河闸，它控制着洪泽湖出水的第一条重要通道淮河入江水道；还建有大气磅礴的高良涧闸，它控制着洪泽湖另一条入海通道苏北灌溉总渠；还建有高大雄壮的杨庄水利枢纽，它则控制着洪泽湖第三条入海通道淮沭新河和第四条入海通道淮河入海水道。现在，洪泽湖已经变成调节大运河水位、保证大运河畅通的关键性水利设施。而所有这些重大的水利枢纽工程结合在一起便构成了洪泽湖的大气之美。

六

从天边刮来一阵温柔的风，将洪泽湖滨的荷花荡渲染得风情万种，整个荡区便深陷在南国美人那姿态横溢的清香深渊里了。傍晚，当我走进洪泽湖边的这袭清香之时，荷花的世界下起一阵多情的雨，我便在洪泽湖边尽享起荷花的温情来。

在那个月光如洗的夜晚，我与荷花荡的夜色亲近，顷刻之间就坠入芙蓉的美艳之中不能自拔了。当荷花荡的上空挂起一轮朦胧的月，五千亩荷花便飘逸出少女的韵。这时，满塘的荷都睡着了，我乘一艘渔舟在荷花荡里缓缓而行，我生怕船舷划开水面的声音会撩醒荷的梦。

仲夏七月正是荷花的豆蔻年华，整个荷花荡正蓬蓬勃勃地盛开着荷的青春。这浩荡盎然的青春，由湖水烘托，与蓝天相拥，艳丽夺目，恣意汪洋。当清晨的一轮红日从东边的洪泽湖大堤上冉冉升起时，我的渔舟已经淹没在这青春的湖光水色里了。早起的白鹭们也知道享受清晨的荷花荡，随心所欲地在花红水绿之间游戏，高兴时便发出一串串婉转动听的歌唱，它们肯定是想把自己变成了芙蓉国里一群多情的王子。

中午时分登上湖心瞭望塔，穿越五千亩荷花荡放眼四望，你就会发现一望无际的洪泽湖荷花荡，面积大、品种多；你还会得知古洪泽镇就是因为种植荷花而被誉为荷城，而这里的荷花莲子还具有特别惊人的生命力，它饱经风霜严寒，历经九百年之后，居然能够长出新莲来。我眼前洪泽湖边的这片一望无际的荷花，正是历经水患，在九百年后又重新发芽生长出来的。

看到这里我才明白，洪泽湖荷花之美，不仅在于它的外表美丽，更在于它的顽强之美，在于它的新生之美。这便是洪泽湖边这片精美绝伦、柔情似水的荷花荡的美学意义所在了。这片荷花荡已经不仅仅是一处美丽的风景，而是一种青春的意象，一种坚韧的品格，一种苏北民众战胜水患重获新生的象征。

洪泽湖的美，是重获新生之美。

洪泽湖水患被根治之后，洪泽湖的生态环境因此获得新生，成千上万种动植物也由此重新繁衍生殖，国家级的洪泽湖湿地自然保护区也就由此诞生了。湿地保护区位于洪泽湖西岸泗洪县东南部，核心区面积达到十五万亩。保护区内物种极为丰富，主要有浮游植物一百六十五种，水生高等植物八十一种，浮游动物九十一种，底栖动物七十六种，鱼类六十七种，鸟类一百九十四种，属于国家一级保护的鸟类有大鸨、大天鹅、小天鹅、鸳鸯、灰鹤、白鹳、黑鹳、丹顶鹤。如今，每年都有近二百个种类约四十五万只鸟飞到这里越冬停留。过去曾因环境破坏而失去的天鹅身影，现在又重现洪泽湖，每年都有几百只天鹅来此越冬。

每当冬季来临，洪泽湖就变成一个童话的世界，随着一曲悠扬婉转的《天鹅湖》音乐旋律，几百只白色的天鹅，像是一个个高傲圣洁的天使，展开美丽的双翅飞临洪泽湖。它们十分惬意地在湖面上翩翩起舞，风姿绰约，美轮美奂，使原本沉寂的洪泽湖，变成了精美绝伦的“天鹅湖”。圣洁优雅的天使们，全都雍容华贵地披着一身白瓷一般的光滑羽毛，全都高傲地昂起它们的长颈，风华绝代地舒展两翅，清澈见底的湖水也随着音乐，荡漾起了阵阵涟漪。当傍晚到来，夕阳如血，霞光满天，归巢的天鹅们，成群结队，在洪泽湖的上空优雅曼妙地展翅盘旋，在空中发出一阵阵高亢的长鸣，好像是在对我们人类高傲地说，如今洪泽湖的生态改善了，它们才会重新降临。

据了解，“洪泽湖湿地野莲、野菱等原生境保护”等一大批项目先后被国家立项，在洪泽湖建成了包括野生植物在内的十多个自然保护区，洪泽湖的生态系统得到了不断的恢复，野生植物、鱼类、底栖动物得以和谐共生。这便是二百多只天鹅重现洪泽湖的根本原因，也是鲢鱼、草鱼、青鱼、团头鲂等几十个鱼种在洪泽湖人工繁殖成功，以及一大批过去因为生态被破坏而灭绝的植物、鱼类、野生动物，现在又重新复活的生态原因了。

这时，我终于明白，优美绝伦的天鹅之舞和风情万种的荷花之香，全都是洪泽湖重获新生的优雅表达。

一个太阳的平凡史诗

一

一片多年前的灰暗云块从洪泽湖的上空飘来，遮掩住荒凉寥落的涟水城头，阳光立马变得暗淡无光，天气也变得阴冷起来。城外那片一望无际的酱黄色的田野，寂寞地等待着那场影响深远的国共对决在这里隆重开幕。这便是吴强在《红日》的开篇对苏北乡村景色的描写了，他刻意将太阳描写得平凡而普通，甚至还带有明显的无奈和忧伤色彩。

我觉得这里所有的场景全都被吴强写进了平凡，又全都是为了将那个高高在上的太阳写得平凡。《红日》里到处都在给我们展现着这样一种平凡景致：枯黄的树林，惊惶地噪叫、飞来飞去的鸟鹊，大群大群地从这个村庄、这片树林，忽然飞到那个村庄、那片树林里去，然后又飞往更远的村庄、更远的树林里去。废黄河堤岸的大道边那棵出生了二百四十年的高大的巨伞般的老白果树，深秋初冬时节已经割完的高粱、玉米、黄豆，像是一条条长辫子蜿蜒在田里的山芋藤子，农场上寂寞地蹲伏着的一堆堆高粱秆、豆秸……吴强就是这样无休无止地渲染着平凡。

这与现在的影视作品以粟裕和张灵甫之间的斗智斗勇故事作为主线完全不同，吴强在对国民党整编第74师攻占涟水、我军在孟良崮反攻的战争叙事中，偏偏没有正面描写双方的将领，而是用大量的笔墨描绘在这场国共两军大决战中的普通战士和普通群众。

吴强将历史的镜头聚焦在杨军的身上，尽管他只是一个普通的共产党员。在这场战斗中，他中弹倒在了涟水城里的一座矮墙边。吴强让他平平凡凡地瘫软下来，普普通通地昏倒在了矮墙底下。这时，滚烫的枪压在他的身上。他脸色苍白，呼吸微弱，他缓缓地呻吟着，嘴里非常干涩，口唇不住地掀动，在强烈的阳光下面，他闭上眼睛躺在地上。大约过了不到一分钟，硝烟的味道窜入到他的鼻腔里，他又张开沉重的眼皮。废黄河东岸的一个小庄子里落下了敌人的硫黄弹，房屋和草堆正在燃烧，浓烟随着风势吹拂过来。他想爬起来，他从腰眼底下抽出麻木的右手，右手和臀部同时用力按着坚硬的地面，他紧紧地咬着牙关，把沉重的身体向上撑起，可他没能如愿，他又跌倒下去，仍旧躺在矮墙底下，英雄的战士就这样无奈地倒下去了。

在这个战争版的平凡世界里，不仅有平凡的人、平凡的事和平凡的景，还有平凡的牛。那是一头为战争累坏了的牛。那头十分平凡的牛拖了一车的货物，货物上面还有几位战士坐着或者躺着，一位战士沉沉酣睡，他的两条腿悬挂在货物堆的边缘。牛车忽地停在了路上，而前面并没有什么障碍。赶车人手里的鞭子虽然打得“噼噼啪啪”的炸响，那头黑尖牛却怎么也抬不起腿来，嘴里不住地流着白色的涎水。“你打它呀！”坐在车顶上的战士对赶车的人说。赶车人手里的鞭子还是扬向空中，不肯落到牛的身上。他叹了一口气，低声地说：“它委实是累了！”

一直到开篇的结尾处，吴强才用了极其简短的语言，说到了我军军长沈振新和军政委丁元善，甚至这次战役的实际总指挥粟裕一个字也没提到。其实，沈振新和丁元善这两个高级将领全都是吴强虚构出来的。吴强一直到第十四章才正面描写了国民党军队方面的第一男主角张灵甫。吴强将他塑造成常胜将军，他是蒋介石麾下一等一的精锐部队将领，他是蒋介石眼中的“天之骄子”、最大的一张王牌，是五大主力的头一个，是蒋介石的心腹嫡系。他身材魁梧，生一副大长方脸，嘴巴阔大，肌肤呈紫檀色。故事发展到了尾声的高潮处，吴强又写了张灵甫的人生结局，写他那个巨大的、肤色发紫的、身着黄布士兵服的躯体，倒在了石地上，他那肥硕的头颅淹在了血泊里。

《红日》描写了这场决定中国命运的战争中的普通战士、普通群众，刻意回避了描写指挥我军打败了国民党军74师的真正指挥官，表现了吴强对这场战争的思考，突出了他将历史还原成平凡、将太阳描写成平凡的一种历史观。

二

“最后的一碗饭送去作军粮，最后的一尺布送去做军装，最后的老棉被盖在担架上，最后的亲骨肉含泪送战场。”这是在解放战争中最为流行的一首民歌。正是有了这样具有忘我牺牲精神的人民，才迎来了解放战争的最后胜利。正如陈毅元帅说的那样：“淮海战役的胜利，是人民群众用小推车推出来的。”

诚然，孟良崮战役的胜利是粟裕军事指挥才能的一次绝好表现，但这场战役胜利的根本原因还是党中央的正确领导和广大群众的无私支持。在这场战斗中有段鲜为人知的插曲，当战斗打到了中途，我军的伤亡较大，物资奇缺，而国民党整编第74师却轮番反扑，大有对我军形成反包围之势。这时，我军有人主张撤出战斗迅速转移。但正是因为有了千百万群众的支持，破坏了敌人各路援军的必经之路，给我军在敌军靠拢之前全歼国民党整编第74师提供了宝贵的时间，才使得粟裕下定了决心要打胜这一仗。所以，从这个角度看，孟良崮战役的胜利是人民战争的胜利，是千百万群众支持的结果。

《红日》不厌其烦地描写支援前线的普通群众，用了大量的笔墨写张家峪的八位妇女捉了五个俘虏的故事，详细地写了这八位妇女活捉了一个营长、四个兵、缴了五支枪的全过程：莱芜战斗结束的当天夜里，张家峪的男子汉都出去支前了，村里只剩下一群妇女。在村口放哨的姊妹俩，大的叫大妞，十九岁，小的叫二妞，十四岁。她们发现几个敌人走进了村子。大妞带领七位妇女，有的拿镢头，有的拿菜刀、斧头，先趁敌人睡着之后将敌人的枪支偷出来，然后分成两组冲进屋子，敌人从梦里惊醒，吓得只是发抖，全都举起了双手，跪在她们面前只是喊饶命，就这样这五个敌人成了八位妇女的俘虏。

当然，群众支前的感人故事不仅存在于吴强的小说里，孟良崮战役的现实中才更多。其中流传最广的是“孟良崮沂蒙六姐妹”的故事。蒙阴县烟庄村有六位二十岁上下的姑娘小媳妇，她们叫张玉梅、伊廷珍、杨桂英、伊淑英、冀贞兰、公方莲。她们英勇支前，为子弟兵送军粮、做军鞋、看护伤病员。在孟良崮战役打得最激烈的时候，六姐妹还主动承担起了运送草料和弹药的重要任务。一箱弹药七八十公斤，一个人扛不动，她们就两人抬，翻越十多公里山路，一直送到前沿阵地。当战士们看到她们的肩膀和脚板被磨得血肉模糊时，很多人都感动得抹眼泪。六姐妹还带领村里的妇女，把粮食加工成煎饼送到前线。她们自己饿了舍不得吃粮食，吃两口榆钱饭凑合，手上烫起了泡挑破了接着干。在整个莱芜战役和孟良崮战役中，烟庄村的乡亲们在六姐妹的组织下，共为部队烙煎饼七万五千公斤，筹集军马草料一万五千公斤，洗军衣八千五百多件，做军鞋五百多双。她们一边扛着弹药粮食，一边唱起了那首支前民歌："最后的一碗饭送去作军粮，最后的一尺布送去做军装，最后的老棉被盖在担架上，最后的亲骨肉含泪送战场……"

淮海战役发起之初，就兵力而言敌强我弱，但党中央和淮海前线将领们敢于与强敌决战，所依赖的远不止是我们的军队，还有这些倾家荡产、忘我牺牲去支援前线的广大人民。整个淮海战役期间，浩浩荡荡的支前大军日夜活跃在战场上，支前民工达到五百四十三万人，仅苏北就动员了一百多万人次参加支前。有人说淮海战役最动人的场面，不是硝烟弥漫的战场，而是后方几百万推着小车运送粮食的民工大军。在这幅波澜壮阔的历史画面上，各解放区通往前线的十几条运输线，车水马龙，人来人往，一片繁忙，形成了前所未有的战争奇观。面对此情此景，听到千百万支前的民众齐声高唱着"最后的一碗饭送去作军粮，最后的一尺布送去做军装，最后的老棉被盖在担架上，最后的亲骨肉含泪送战场"时，吴强肯定被感动得热泪盈眶，肯定义无反顾地决定用主要笔墨叙写这样伟大的人民。

即使在几十年后的今天，当我们再一次听到这首民歌时，也会久久不能平静，内心生出一番感慨。如果不信，你就再听一遍这首感人肺腑的民歌吧：

"最后的一碗饭送去作军粮，最后的一尺布送去做军装，最后的老棉被盖在担架上，最后的亲骨肉含泪送战场……”

三

恐怕看过电影《红日》的人，都会永远记得张灵甫占领涟水城后的那个留影。他耀武扬威地站在能仁寺宝塔下面，冬日的阳光正暗淡凄惨地照耀在他那神气十足的方脸上。这张黑白照片是国民党军队74师师长张灵甫作为常胜将军的一种证明，在国民党的大大小小报纸上四处张扬显摆。

这幅照片记载了发生在1946年初冬涟水城的那段国共内战的历史。这年的12月，国民党王牌军整编第74师第二次向华东解放区疯狂进攻，我军沈振新所部一个军奋起抗击，经过一番苦战，涟水失守，我军被迫撤退，北上山东。这就是张灵甫的胜利开局。在山东面对敌军南北夹击的险恶形势下，我华东野战军经过缜密布置，决心分批吃掉敌人，以求打开缺口，粉碎敌人的合围计划，这就取得了莱芜战役的胜利。蒋介石又命令国民党整编第74师从苏北涟水长驱直入山东境内，从而引发了1947年5月在孟良崮一带与我华东野战军的这场大决战，结果是国民党整编第74师及整编第83师一个团共三万余人全部被歼。这便是《红日》这部史诗性长篇小说的基本情节了。

当然，《红日》肯定不想否定个人在历史进程中的重要作用，但是他在小说里更想突出表现的是普通战士和普通群众，这是吴强对历史的一种客观理解，这与当今拍摄的电视剧完全不同。新中国成立初期拍摄的黑白电影就更接近于原著，表现出抒情、平凡、乡土的艺术特色。恐怕看过这部电影的人全都不会忘记那首主题歌：

“一座座青山紧相连，一朵朵白云绕山间，一阵阵歌声随风传，谁不说俺家乡好，一阵阵歌声随风传。弯弯的河水流不尽，高高的松柏万年青，解放军是咱亲骨肉，鱼水难分一家人……”

这首歌用极其抒情的旋律，唱出了沂蒙山区的美丽风光，唱出了军民的鱼水情深，也唱出了普通群众的民心所向。

抒情成为吴强在《红日》中表现“平凡主题”的一种艺术，他写吐丝口战斗时，就是在带着浓郁抒情色彩的描写中表达平凡。在彩霞的光辉照射到吐丝口焦墙破瓦上的时候，宣传弹从四面八方射击出去，彩色的纸片花蝴蝶一般飞舞在敌人的地堡附近、壕沟上空。由于灰黄色弹烟的飘浮和傍晚的微风旋荡，它们有的飘扬了好久才落到地上，有的竟然飞钻到敌人的地堡洞眼里面去。天色突然黑下来，彩霞消失以后，从东南角上的崖谷里飘来一片迷蒙的云雾，笼罩了整个吐丝口镇。不久，落起牛毛细雨来。战场上的景象完全变了，吐丝口镇像沉入到海里，又像浮游在半空里，不住地打着旋转。战地的雨夜黑得伸出手来看不清五指，黑得叫人发愁、害怕，空气沉闷而又浑浊。炮烟混合着湿气，浮在地面上、墙壁上、人的身上，久久地不肯散发开去。在这里，小说似乎变成了跨文体写作，变成了一篇抒情散文。在彩霞中四处飘飞的像花蝴蝶似的彩色宣传单，笼罩在人们头顶的一片迷蒙的云雾，牛毛细雨中像沉入海里又像浮游在半空中的小镇，让战士们发愁害怕的漆黑雨夜，所有的意象描写都带上了浓郁的抒情色彩，又都是为了抒写平凡。

我本以为全书肯定会不惜重墨去描写太阳，并刻意去表达红日的寓意。然而，全书十多处写到太阳，但都只是一笔带过，只是写了一个太阳的寓言，一个将太阳还原为平凡的群众历史观。这与将历史归结于英雄的个人崇拜完全背道而驰。红日在书中被解读为平凡，而红太阳在后来却被延伸为神话。在吴强的小说里，红日并不是个人崇拜式的政治图解，而仅仅是一种抒情性的普普通通的景色描写。

小说写我军的撤退时，片片白云在高空里默默行走，银色的太阳隐约在白云的背后，光秃的树梢在飒飒的寒风里摆动身姿，鸟鹊几乎绝迹了；吐丝口战斗时的惨白阳光斜照着石圩墙上，圩墙的石缝里不断地挤出一条一条水柱，眼泪一样地往下流滴。整个小说共有十多处涉及太阳的描写，而这些描写仅仅作为一种景色衬托，甚至大部分全都带有一种阴暗与悲伤。

当然，吴强对红日的描写，确实也有着他的政治寓意，他在我军取得孟良崮战役最后胜利时写到了红日。他让一轮红日在渤海海底还没有露出脸来，朦胧的曙光刚刚透过轻薄的朝雾，披挂到沂蒙山的躯体上。然后写杨军他们和另一个军的英雄班攻上孟良崮的高峰；写陈坚、王鼎、李泊他们和大浪的队伍一起，从斜坡的小路上，相继涌到高峰上来；写敌人迅速地瓦解溃灭，颤抖着举起他们的双手投降。而就在这些普通的战士攻上孟良崮高峰的同时，一轮红日升起来了，鲜艳的红旗高擎在登上孟良崮高峰的英雄战士们的手上，在夏天的山风里招展飘荡。在红日万丈光芒的照耀下，战士们焕发着骄傲炫目的光辉。

如果说“红日”在吴强的笔下也是政治抒情的话，那么他肯定抒发的是对平凡战士和普通群众的深情赞美。

四

没有将粟裕描写成英雄，更没有将他美化成神灵，而是将这位被誉为常胜将军的粟裕还原得极为平凡，这便是吴强在《红日》里故意将粟裕进行“淡化处理”的原因。因此，整个小说没有出现一次粟裕的正面形象，只是通过张灵甫与部下的交谈，扬言要彻底消灭我军主力时，提及“要让陈毅、粟裕知道厉害”；另外，在我军政委丁元善的电话提到了粟裕。这两处提及粟裕的文字，连侧面描写都算不上。

事实上，粟裕的常胜将军之名就从这里开始流传开来的。孟良崮战役之后，国共双方都对这一战役进行了认真的总结。我军认为这一战役取胜的关键一着就在于前线指挥员粟裕善于分析敌情的变化，适时而准确地看出了强敌在一定条件下出现的致命弱点，从而当机立断，迅速抓住战机，毫不犹豫地下定了虎口拔牙的决心。

从此，粟裕被誉为“百万军中取上将首级”的常胜将军，毛泽东则对粟裕高度赞扬：“这场战役中国只有两个人没有想到，一个是蒋介石，另一个就是我毛泽东！”对于粟裕这样的常胜将军，小说却是从普通平凡的人物和场景里写出了胜利的结果，折射出他的英明与果断。

吴强（1910年-1990年），这位苏北涟水人对张灵甫攻占自己的家乡肯定有着切肤之痛；这位1933年在上海参加左翼作家联盟，抗战爆发后投笔从戎，1938年参加新四军，1939年加入中国共产党，又参加过莱芜、淮海等著名战役的军旅作家，对于这段历史的描写肯定有着他的独特感受。

在小说里，吴强不厌其烦地写着平凡的景色。

天冷了！寒气逼人的西北风，凶猛地迎面扑来。太阳老是藏在云的背后，天，老是阴沉昏暗的色调，身上、心上的重担都把秦守本压得很苦。战士们愁眉苦脸，没有一点儿快活劲儿，除去安兆丰有时候还哼两句苏北小调外，班长秦守本几乎和从涟水前线撤退下来的时候一样，一路上默默无言，连下命令休息、检查人数等事情，都交给副班长余仲和负责。走了一山又是一山，从山下、山前走到山上、山后，又从山上、山后走到山下、山前，队伍被吞没到山肚里。

吴强还十分细腻地描写了我军从苏北进入山东之后受到山东百姓欢迎的场景。天还没有黑，队伍到了宿营地高庄，发生了战士们意想不到的事情。庄口上摆了大缸的茶水，锣鼓“咚咚锵锵”地响着欢迎队伍。队伍刚坐下来，还没有进屋子，妇女会、儿童团的队伍就敲打着锣鼓，一边跳着秧歌舞，来到队伍休息的广场上。她们拉成一个大圆圈，又是唱又是跳的。红的绿的彩绸，像春天的蝴蝶似的飞来舞去，接着还有吹唢呐、拉板胡和唱歌的节目表演……这个描写军民鱼水情的场景里充分地表现出吴强对人民的深情厚谊。

《红日》就是这样刻意给人们展示这一幅又一幅平凡而普通的场景。

我觉得正是这种平凡的小说视角，才使得吴强的《红日》能够名留青史。这种将历史还原成平凡的群众历史观，其根本意义就在于它标志了我们民族性格的成熟，也正是这场战争为我们的民族精神带来历史性的进步。

三个人的治淮史

一

一个是高个子，穿着打扮整整齐齐，慈眉善目，像是个老佛爷；一个是小眼睛，大嘴巴，皮肤白皙，像个大姑娘，成年累月地穿着一件蓝色中山装；一个是大块头，近视眼，大脑门子闪着亮光，总是板着一张大黑脸，讲起话来像是开了小钢炮。这便是几十年前在治淮战线上流传的“治淮三只虎”故事的三位主人公。

这三位都是曾经参加过抗日战争的游击英雄，新中国成立后改行成了治淮的专家。三个人全都出生在苏北洪泽湖周边地区，全都上过大学，全都是在抗日战争中入党，全都是抗日游击队队长，全都参加了解放战争。这“三只虎”就是陈克天、熊梯云和吴觉。

他们三人虽然个性各不相同，一个平易随和，一个执着坚韧，一个耿直豪爽，可他们的共性都是扎实稳重，不畏风险，就像是苏北田野里的芭根草，扎根大地，不惧风雨。

陈克天，似乎从父母给他起的名字上，就已看出他要和治水结下不解之缘，他生来就是要“克天”的。新中国成立后不久，他被调到水利部门，成了江苏的“水龙王”。1953年1月，苏南、苏北、南京合并成立江苏省，他被任命为江苏省水利厅党组书记、副厅长、江苏省治淮指挥部副指挥。陈克天曾平易随和地笑着说了一句话：“干水利，我是门外汉，但临危受命，义不容辞！”这个曾经的抗日游击队长将胸脯一拍又说，“我作为水利新兵，初上工地，自感责任重大，兢兢业业从头学起，自信过去能在战争中学会战争，今后也一定能在建设中学会建设！”他上任后就一头扎到洪泽湖边的三河闸工地上，坐镇指挥这个全省水利龙头工程的施工。

三河闸是当时治淮工程中修建的最大水闸，是江苏控制淮河洪水入江的重要门户。八百多年来，洪泽湖一直听任淮河洪水自由出入，遇到洪水，上中游洪水倾泻而下，洪泽湖大堤屡屡决口，下游千百万亩农田变成了一片汪洋；而大旱之年，淮河断流，洪泽湖水位急降，又造成了下游赤地千里。因此，当时的中央人民政府政务院研究决定在洪泽湖东岸建闸，发挥洪泽湖的蓄泄调节功能。

他到了洪泽湖边刚刚安营扎寨下来就遇到了一场硬仗。鸡爪山在三河闸的下游，这一带土中夹有砂姜，原计划在汛期利用水力冲走砂姜，可是由于土质太硬，水流难以冲刷，汛期一旦到来，势必影响泄洪。怎么办？陈克天征求各方意见，就像过去打仗那样，设计了一套拿下鸡爪山的决战方案，上报省委得到批准后，立即组织淮阴、扬州地区新增十万民工，日夜兼程，赶赴工地，加上原有的五万多民工，组成了十五万八千人的治淮大军，投入这场鸡爪山人海攻坚战。然而，就在这个节骨眼儿上，他突然收到从建湖老家发来的父亲病危的电报。陈克天这时不过三十多岁，却是个老革命了，他深知大战在即、军中无帅的严重性，自己岂能因为个人家事而影响整个工程进度？因此，他没有回家，仍然指挥着十五万治淮大军日夜赶工。几天之后，他又收到家里的第二封电报："父亲病情好转，不用回来。"他悬着的一颗心这才落了地。

就这样，三河闸工地不足一点五平方公里，却集中了十五万人，白天人山人海，夜晚灯火通明，劳动号子声、施工机械声和广播喇叭声响彻云霄，构成了一幅惊天地、泣鬼神的壮丽画面。经过五十个昼夜的紧张奋战，治淮大军终于赶在洪水前面拿下了鸡爪山，为汛期排洪打开了通道。在三河闸大坝合龙时，他顶着十级大风跳下了湖水，带领上万个民工，在水中组成三道人墙，用血肉之躯抵挡大风大浪，从而保证了大坝的胜利合龙。

1953年7月26日上午，三河闸举行了隆重的竣工典礼。9时30分，开闸放水，顷刻间，台上台下，锣鼓声、鞭炮声、鼓掌声、欢呼声，此起彼伏。汹涌澎湃的洪泽湖水奔腾而下。洪泽湖从此"水位涨落不由天，蓄排调节听人遣"了，这座湖从此变成了一个造福百姓的巨型平原水库，发挥出防洪、灌溉、航运等综合效益，历史上"倒了高家堰，淮扬不见面"的悲惨景象从此一去不复返了。

面对这样波澜壮阔的场面，陈克天兴奋地说："三河闸是江苏造福于民的第一大闸。这座屹立在洪泽湖畔的巍巍丰碑，将把我们党领导群众改造山河的丰功伟绩，永远载入史册！"也就在这一天，他又收到了家里的第三封电报："父因多日抢救无效于今晨病故。"他在主席台上拿着这封电报，反反复复读了好几遍，泪水终于忍不住夺眶而下……

二

其实，新中国发动的这场声势浩大的治淮大战，绝不仅仅是治理水患，也不仅仅是重整旧山河，更是一次对中华民族自立自强民族精神的完善。整个淮河流域的亿万民众，千百年来形成的自卑与无奈，在治淮的战斗中逐步被自信与乐观所代替。

正是在这样的时代大潮中，陈克天、熊梯云、吴觉这“治淮三只虎”，才能够从苏北的三位抗日游击队长，变成治淮的三位水利专家。当然，他们三人也绝不是简单的命运巧合，而是苏北民众在与民族命运抗争过程中的一个必然，也是我们民族性格发展的一个必然。

与陈克天相比，熊梯云改行干水利的时间还要早些，早在1949年秋，党中央、政务院发布“导沂整沭”的决定后，他就穿着军装带领大批工程技术人员，奔赴苏北水利战场，组织领导了轰轰烈烈的“导沂整沭”的人海大战，开挖了一条新沂河，打胜了新中国大规模治理淮河的第一仗。

当年，淮河由阜宁入海，由于大量泥沙淤积，滩地不断延伸，清政府决定对海滩苇荡实行招标开垦，熊梯云的父亲熊养和来到这里承包了几十顷荒滩。因为他家是外来小户，也就备受当地土豪无赖的欺凌歧视。为了自保的熊养和决定拜师学武，练习少林拳术、甘派拳术和江南派太极拳，十九岁居然得了个擂台冠军，成为远近闻名的“阜宁一腿”。熊养和在抗战时期被国民党任命为阜宁县县长，多次拒绝日伪军的诱降，与日伪军进行了你死我活的斗争。一直到1941年日伪军大举扫荡，熊养和的保安旅被打散，县政府也就名存实亡了。

熊梯云于1940年秘密加入中国共产党，从此彻底脱离了自己的地主官僚家庭，受党组织的派遣，去他父亲领导过的保安旅开展策反工作，成功地争取了一个团的兵力投奔共产党。1942年，熊梯云成为阜宁县县长，分光了父亲的田产。熊养和对其他事情再无心思，一门心思习武，最终掌握了南北太极拳之精髓。

熊家父子先后当了阜宁县的县长，多少年后的结果更是出人意料，父亲成了一代武林宗师，儿子却成了一代治水名家。几十年前，熊家因为淮河水患、黄河夺淮来到苏北开垦滩地，而几十年后熊梯云成为江苏省水利厅厅长，这恐怕就是一个家族的前因和后果吧。

三

吴觉的抗日活动比起熊梯云而言，更具传奇色彩。

吴觉的父亲是个知识分子，是清末的一位秀才，后来考入南京两江优级师范学习，毕业后受聘于淮阴省立师范任教十多年，后又任中学的教务主任、校长，是个社会名流。他为人正直忠厚，思想开明豁达。吴觉在上大学时参加革命，几次被捕，他不但不反对，反而积极支持。

父亲病逝之后，吴觉便借着为父亲守灵的机会，暗中策反前来吊孝的任县常备中队长的堂叔参加抗日。他还通过收徒弟的办法争取了一批人、枪过来，从而掌握了一百多人的武装力量。他又拿出父亲的全部遗产，秘密购买一批枪支弹药。接着，又用岳母的资金经商，解决了抗日活动的印刷费、交通费和伙食费。对此，后来做过苏皖边区政府主席的李一氓称吴觉“主人颇有江湖气，坐客能谈山海经”。这是对吴觉跌宕人生、豪爽性格的最好概括。

吴觉正是凭着这个本领，于1939年春节后，拉起了二百多人的队伍，成立起淮阴人民的第一支抗日武装，并且在渔沟东五条路边设伏敌寇，打响了淮阴我党领导的武装抗日第一枪。

1939年4月，吴觉决定将几支抗日武装统一整编为抗日义勇总队教导大队。就在这时，陈克天从盐阜区过来了，到教导大队任中队长。不久，上级党组织又决定，将几支抗日义勇队合编为八路军山东纵队陇海南进济南支队八团（后又称淮河大队），吴觉任团长，陈克天任营长。他们在1940年的春节前夕，在一次反扫荡中，一举打死日伪军一百多人，紧接着又铲除了涟水日伪军的四个特工情报站。吴觉的淮河大队一下子名声大震，使敌伪心惊胆战，闻风丧胆。吴觉与陈克天就这样在抗日战争中结下了深厚的战斗友谊。

陈克天于1942年初，受苏北区党委派遣，赴射阳县开展工作。陈克天以阜宁为依托，打击日寇，这样又结识了领导阜宁抗日活动的熊梯云，两人成为情深义重的战友。一年后，他在射阳建立了抗日民主政权，担任中共射阳县工委书记、射阳县县长兼县大队队长。

就这样，吴觉、陈克天和熊梯云这三个人，逐步变成了苏北“抗战三只虎”。陈克天担任过射阳县县长兼县大队队长，熊梯云担任阜宁县县长兼县大队队长，而吴觉也兼任过淮阴县县长、淮河大队的大队长。由此看来，抗日战争确实就是一次精神锤炼，中华民族的许许多多优秀儿女由此从懦弱走向坚强。在新中国成立后，他们又变成了“治淮三只虎”。

有人将他们三人比喻成芭根草，不管是在田野路边，还是在堤坡高岗，只要生长在那里，就会深深地扎下根，显示出自己顽强旺盛的生命力。这个比喻确实恰如其分，道出了这三人的性格本色。

四

“治淮三只虎”后来虽然经历了各种曲折，可他们全都坚信只要有党的领导，只要有社会主义制度，什么困难都能克服。正因为如此，他们全都坚忍不拔地生活着、坚守着、斗争着。

吴觉因患上了严重的哮喘病，不能再从事经常在野外作业的水利工作，改行到了南京工学院任党委书记、院长，依旧满腔热情地干着革命事业。陈克天遇到了沂沭河流域特大洪水，洪泽湖和骆马湖水位急剧上涨，两岸百万干群在百里河堤上严防死守，陈克天坐镇一线指挥这场惊心动魄的抗洪斗争。经过几天几夜的拼搏，终于保住了黄墩湖区内二十多万群众和三十万亩良田。为此，有人写了一首诗称赞他："'龙王'自小要'克天'，老骥花甲志更坚；水烟缥缈添豪兴，战天斗地得永年。"熊梯云在恢复工作后，出任江苏省治淮指挥部副指挥，又立即投入到指挥淮河入江道整治、新沂河加固、新沭河扩大的工作中去，兴建了江都四站、淮安一站等一大批治淮工程。他们三人的这种品德确实像芭根草那样，任凭风吹雨打，也毫无怨言地扎根大地，默默地保土护堤。

如今，几十年过去了，"治淮三只虎"已先后去世，可我们通过"治淮三只虎"的相同经历，可以认识到这样的一个事实，战争锤炼了苏北人民坚强不屈的自立精神，治淮又锤炼了苏北人民坚忍顽强的抗争精神。而"治淮三只虎"就是苏北人民自立抗争的精神化身。

一条河的激情岁月

一

我总觉得1951年的治淮人海大战，简直就是1948年淮海战役的一次激情克隆。这两场相距不到三年的战役，并不只是战斗场景相似，而是它们所显现出来的豪情万丈与毛泽东诗词（以下简称“毛诗”）的意境是何等的相同。

一场多年前“千里冰封，万里雪飘”的寒冷，在千里淮河的上空大气磅礴地激荡起来。“顿失滔滔”的“大河上下”变成了一片冰封的世界，高山披上一层厚厚的积雪，像是舞动起一条又一条银白色的长蛇，又像是奔驰着一头又一头乳白色的大象。一轮鲜红的太阳照耀在这片白茫茫的雪野上，红艳艳的光和白闪闪的亮相映出一片鲜艳夺目的雪世界。就是在这样的背景里，一场治理淮河的人海大战打响了，眼前的这条长河立马变成了纵横千里的战场，由此“毛诗”万丈激情的风范也就突显而出。

千里大河，万里雪飘，红装素裹，分外妖娆，要与天公比个高。这些意象复合成激情、磅礴、深远的“毛诗”节奏。那条曾经倍受蹂躏的淮河，像是一条被驯服了的长龙，无声无息地匍匐在这种节奏里。

一只嘶鸣不已的苍鹰盘旋在新中国的头顶，盘旋在千里淮河激情燃烧的气息里。苍鹰在红装素裹的天地之间，就是一条一划而过的黑线，它在“万类霜天竞自由”的天空嘶叫着。我推想肯定是目睹了这一切，诗人后来才意气风发地吟诵出“更立西江石壁，截断巫山云雨，高峡出平湖”来，他似乎还觉得不够激情，又加上了“天连五岭银锄落，地动三河铁臂摇”这两句。这苍鹰的嘶鸣声将诗人的心久久地激越，苍鹰将它一连串的高亢向着“毛诗”的语境弥漫，也向着新中国百废待举的山河弥漫。

在我看来，治淮的人海大战正是“毛诗”激情万丈节奏的一次情景再现。苏北灌溉总渠是开国第一个大型水利工程，在苏北淮安（时称淮阴）、盐城境内新开一条大型人工河道，西起洪泽湖大堤高良涧，东经盐城扁担港入黄海，全长一百六十八公里，作灌溉、航运、排涝、发电之用，为洪泽湖的排洪开辟一条入海通道。如果你亲眼看到在这一百多公里长的战线上集聚的一百多万治水大军，你肯定就能体会到“毛诗”这种特有的节奏了。

你可以想象是何等的波澜壮阔、气势恢宏，也可以想象是何等的激情万丈、豪气冲天了。1951年11月2日，朔风乍起，瑞雪飘飞，这条大型人工河道正式开挖，淮阴、盐城、南通、扬州四个地区的民工一百多万人，从四面八方开赴建设工地，车轮滚滚，人声鼎沸。当时担任苏北行署治淮指挥部第五测量队队员的王振声，被分配在东台县工段上：“东台工段从阜宁三灶乡天沟村起，向东到滨海，当时有一万多民工负责这段工地。他们要么是从串场河乘船过来，要么是两条腿推着独轮车步行过来。”

为治伏洪魔，这些农民工在寒冬里抛妻别子，扛着最原始的生产工具大锹、泥兜、石硪，脚踩用芦苇编织的“毛窝子”，义无反顾地奔赴治淮前线来了。“工地上人山人海，劳动号子此起彼伏，革命歌声激动人心。领导拿着铁皮筒子喊话，技术员四处测量土方，民工们肩挑担抬小车推，一个个忙得敞开了棉袄。”王振声还记得，当时有一批外国记者来到工地参观，看到那么大的工程全靠人工，看不到一台机械，更看不到一支部队、一杆枪，却没有一个民工溜号逃跑，一个个佩服得竖起了大拇指说：“中国人了不起！”“当时，民工们除少数在当地群众家打草地铺外，大多住在自己搭的茅草窝棚里。我住在老乡家里，把房东家的棺材盖子往上一翻，睡了一个冬春。”几十年后回忆起这段奇特的经历，王振声的脸上涌起一股豪迈之情，“工地上普遍开展劳动竞赛，劳动模范可以奖到一头大水牛，大家热情高涨，那真是一个激情满天的年代呀！”

如果当年能有卫星遥瞰大地，你会看到千里淮河上震撼人心的人海大战是怎样波澜壮阔。就在苏北灌溉总渠工程动工的同时，淮河流域的四省一百八十县、二十七万平方公里土地上，同时集结了五百万民工，上中下游的治淮战斗同时打响，从而在1951年的冬天形成了新中国第一次大规模治理淮河的高潮。

如果将千里淮河划分出相对独立的三个分战场，首先是建设大型水库的战场，上游修建石漫滩水库、板桥水库、白沙水库、南湾水库；中游修建佛子岭水库、磨子潭水库、响洪店水库，下游全面整修洪泽湖水库；与此同时，淮河全线组织几百万民工对堤坝进行全面修整加固；第三是在淮河两岸无垠的平原上，又打响了开挖几十条人工新河的战役，这些人工新河全都是一百公里以上的长度，而苏北灌溉总渠只是其中的一条。

那时的新中国百废待举，经济落后，技术奇缺，工程机械几乎空白。可是在整个淮河流域集中动工兴建如此众多的大型水利工程，现在看来也很不可思议。然而，硬是将这治淮首战的三大任务全部胜利完成的，就是凭借着淮河两岸百姓的一股豪情。

在这里我们看到了什么是“风樯动，龟蛇静，起宏图”，什么是“虎踞龙盘今胜昔，天翻地覆慨而慷”，什么是“天连五岭银锄落，地动三河铁臂摇”，什么是“为有牺牲多壮志，敢教日月换新天”，什么是“一万年太久，只争朝夕”。

我们民族的伟大的激情诗人，就是这样大气磅礴地向我们走来；我们民族的一个伟大的激情时代，也是这样大气磅礴地向我们走来。

二

“提起贼老蒋，恨得牙根痒。扒开花园口，黄水向东淌。”这是一首流传在淮河中下游地区的民谣，也是1954年上海电影制片厂拍摄的电影《淮上人家》的开篇字幕。这首民谣说的是1938年6月蒋介石“以水代兵”使黄河再次夺淮，给淮河流域造成了灭顶之灾。这部电影将镜头慢慢地拉近，对准了被淹没的淮河下游的大台子庄口的一棵大树。一个老爷爷和十几个孩子艰难地扒着大树，大树的四周是一片汪洋。突然，一根树枝吱吱地断了，这个老爷爷和几个小孩儿随之往下坠落，他们惨叫了一声沉入了水底。这时，一阵低沉压抑的音乐声响起，接着就传来了悲痛伤心的插曲："淮河深，淮河长，提起淮河泪汪汪，自从淮河灌黄水，百姓年年遭灾殃。"大水退后，一个保长敲着铜锣喊道："各家各户注意了！县里要修河堤了，各家各户出劳力，自带干粮！迟到罚跪，不到罚款呀！"保长走后村民们一阵咒骂，骂完是一阵长叹。黑白电影将悲伤的场景，放在黑夜的暗光里，将大台子庄农民的叹息衬托得更加压抑，更加忧郁。

其实，淮河流域百姓的精神压抑已经九百年了。南宋高宗建炎二年十一月，为了阻止金兵南下，东京留守杜充在李固渡扒开黄河，黄河便夺泗入淮。有专家称这是黄河夺淮的开始。以此计算，到1855年，黄河在兰考铜瓦厢再次决口，改由山东大清河入海，结束了长达七百多年的夺淮历史，把一个水系紊乱、河渠垫淤、蓄泄失据的黄泛区留给了淮河。经过七百多年的黄河夺淮，历史上河流深广、"水行地中"的淮河下游河段，已经变成淮河来水"涓滴不入"、高于两岸地面十米左右的悬河，被称为废黄河。张謇在《请速治淮疏》中说："所以受灾之源者，淮水也；淮水所以为灾者，入海路断，入江路淤，水一大至，漫溢四处。"为淮河寻找入海通道，改变淮河洪水归海无路而造成灾害频发的状况，成为多少代中国人的梦想和追求。

孙中山先生在《建国方略》中提出"修浚淮河，为中国今日刻不容缓之问题"，并且对导淮方案提出了自己的看法。1927年，国民政府定都南京后特设导淮委员会，蒋介石亲自兼任委员长。1932年4月，套子口三岔股淮河入海水道开工，然后实施了一批排洪、灌溉、航运的导淮项目，一直到抗战爆发被迫停止。但是，为了阻止日寇进攻的花园口"以水代兵"的黄河决堤，不但淹死了八十九万百姓，还造成九年的黄泛，再一次对淮河流域的环境水系造成了巨大的破坏。

据历史文献记载，黄河夺淮初期，淮河流域平均每百年发生水灾三十五次，后期每百年平均发生水灾九十四次。尤以淮北地区灾情最为严重，“平地水深丈余”，“舟行树梢，人栖于木”。据史料记载：“黄淮两河先后决口，黄河决于山东单县黄固口，淮河决于洪泽湖东岸高家埝之高良涧、周家桥等二十二口。”清初归海坝建成后，每次淮河大水开坝后，里下河地区都是一片汪洋。对此，光绪年间的高邮人夏宝晋在《冬生草堂诗录》中描述苏北里下河水灾悲惨情况时说：“一夜飞符开五坝，朝上屋顶已牵船。田舍漂沉已可哀，中流往往见残骸。”夏宝晋的这首诗正是淮河流域千年悲剧的真实写照。

1931年6月起，苍天像是被捅了个大窟窿，倾盆大雨疯狂倾泻在苏北里下河一带，一连下了几个月，江淮流域河水暴涨。淮河从1931年6月下旬开始涨水，7月底8月初相继出现最高水位，淮河大堤节节溃决。洪泽湖在加大泄量的情况下，水位仍然急剧上涨，超过十五米的时间长达三十一天，8月8日水位达到十六点三五米，是1855年黄河北迁以后水位最高的一年。淮河大水使蚌埠上下淮北大堤溃决，苏北运东大堤溃决八十多处，里下河地区十多县沉没水下。据《申报》报道：“壮者栖上树顶丘阜，老弱则随流浮沉。甚至全家老幼，因逃死无所，以绳索系成一串坐以待毙者比比皆是。里下河东西两堤漫溢而遭空浩劫，崩溃最大处万寿宫左右已冲成大塘，由上夹河穿过大街入里下河，男女浮尸，满街漂流……”

据统计，1931年的特大水灾，江淮流域的灾难深重，湘、鄂、赣、浙、皖、苏、鲁、豫八省合计受灾人口五千一百二十七万，占当时全国人口的四分之一，受灾农田面积一亿五千万亩，占当时全国耕地面积的28%，死亡约四十万人，经济损失达二十多亿元。可以说，1931年的洪灾是20世纪中国受灾范围最广、灾情最重的一次大浩劫。黎民百姓在滔天洪水中，形同鱼虾，命若游丝。时任全国救济水灾委员会主席的宋子文叹息道："如此水灾之大，所费金钱，纵无限量，所筑堤岸，纵极强固，亦无术抗此洪流。"

大风起兮云飞扬，千里淮河浩浩荡荡。天苍苍，水茫茫，灾民泪眼望，千里淮河洪水荡漾。九百年的洪水年复一年的轮番荡涤，给淮河流域祖祖辈辈的百姓带来了精神上的压抑、性格上的忧郁和情感上的悲伤，天长日久便使之成为淮河区域民众性格的明显特征。

正是因为压抑忧郁成为淮河流域百姓的性格主导，淮河流域的地方小调全都是悲伤凄惨的风格。凤阳花鼓是安徽民间小调，起源于淮河流域经常闹水灾，百姓迫于生计，只得四处逃荒，沿村乞讨，便身背花鼓，手持小锣，挨家挨户边舞边唱："家住庐州并凤阳，凤阳原是好地方，自从出了朱皇帝，十年九次遭水殃。"淮海戏旧称淮海小戏，流行于苏北淮阴、连云港市以及盐城、徐州、扬州的部分乡镇，起源于这一带流行的拉魂腔，早期也是淮河水灾发生后，沿门乞讨说唱民间故事的"门头词"。苏北里下河地区经常遭受水灾、旱灾、蝗灾，生计无门的逃荒者即以竹板击拍，沿街挨门清唱民间小调以行乞，谓之"门叹词"。起初是一个人打着板唱，而后又出现两人对唱。因为唱词凄苦，曲调悲伤，很容易感动听众，这才受人怜悯，得人救助，由此产生了淮剧。黄梅戏同样产生于淮河水灾，传统剧目《告坝费》就是在黄梅县遭受水灾之后创作出来的："五月初八发龙水，平地陡起数丈深。打破官堤无其数，四十八圩破干净。"

淮河流域的地方小戏都是因为黄河夺淮的悲剧而生，全都是在发泄已经达到极致的精神压抑和情感悲伤。因此，新中国的治淮大战不仅是对破碎山河的一次大规模整治，更是对淮河流域百姓这种情感压抑的一次大规模抚慰。而"毛诗"所代表的时代品格，正是对千百年来这种因为精神压抑而形成的民族"性格残缺"的一种完善与校正。

我觉得毛泽东在1950年写下的“长夜难明赤县天，百年魔怪舞翩跹，人民五亿不团圆。一唱雄鸡天下白，万方乐奏有于阗，诗人兴会更无前”，肯定就是对天下百姓从压抑走向激情的一种感叹。因此，我们完全可以由此推论，“毛诗”的淋漓畅快，“毛诗”的大气磅礴，“毛诗”的激情洋溢，绝不仅仅是他个人情感的表达，而是整个中华民族在压抑郁闷之中寻觅了九百年之后，一下子梦想成真时所产生的无限激情和情感释放。

三

治淮年代是个激情四射的火红年代，千百万刚刚翻身做主的农民日夜奋战在治淮工地上。

与新中国第一期治淮工程同步拍摄的大型文献纪录片《一定要把淮河修好》，从头到尾都是一种激情、欢快的节奏。淮河流域四省民众被全面动员起来了，千百万农民报名参加治淮战斗。成千上万个村庄的几百万民工，同一天向各自的治淮工地出发了。他们背着被包，扛着铁锹，举着红旗，唱着红歌，雄赳赳气昂昂地组成了治淮大军。欢快的治淮“红歌”与“毛诗”名句一起，成为那个时代表达激情的最好语言。《治淮歌》飘扬在每个村子的上空：“红旗飘飘，歌声嘹亮，我们治淮大军浩浩荡荡。向淮河进军，向洪水宣战。千百万工农弟兄，结成巨大的力量，看我们的队伍多么雄壮！”

淮河水面上无数的帆船、轮船，公路上无数汽车、马车、独轮车，将粮食、器材、工具源源不断地运送到治淮工地，所有的车船清一色地插满激情飞扬的彩旗。各个高校水利工程专业的学生全部提前毕业，他们奔赴治淮工地时又全都扛着红旗，高唱“红歌”：“淮河两岸鲜花开，胜利的歌声唱起来。秋风吹来稻米香，丰硕的谷穗迎风摆。千里淮河新气象，英雄淮河人民笑颜开！”

当然，分到土地当家做主是广大民工治淮激情产生的根本原因，全新的社会制度使被压抑了几千年的农民终于可以扬眉吐气了。这也是淮海战役和治淮大战能够动员几百万农民参加的根本原因。

1950年国庆节，毛主席举行盛大的欢庆宴会，一个头戴旧军帽、粗大健壮的中年农民，端着一杯酒来到毛主席面前兴奋地说：“毛主席，您批准我们开挖新沂河，今年见好处了。要不是开了新沂河，我们家乡今年水能从屋脊上翻。老百姓都说您是大恩人哪，我敬您一杯酒！”毛主席向他笑着点点头喝了这杯酒。这位敬酒的农民就是号称“十县第一，淮海闻名”的治淮导沂特等功臣王大锹。

王大锹原名王兆山，是苏北沭阳县章集区曙光村人，从小种租田，做雇工，吃过草根。1939年父亲病死，租种的十二亩地也被地主夺去。一直到共产党来了，他才翻了身，分得十八亩田地，其中有七八亩地常遭水患，但他坚信共产党总有一天会领导大家战胜水灾的。1949年春天，沭阳县修整柴米河堤。他高兴极了，带着一把特别大的铁锹去参加劳动，挖一锹泥块四五十斤重。因此，他有了“王大锹”的外号。这次修堤结束后，他的民工小组被评为全县一等模范，他被评为一等模范民工，后来还光荣加入了中国共产党。

1949年冬，国家决定“治淮导沂”，淮阴、徐州地区动员近五十万名农民参战，硬是把一条新沂河开凿出来了。王大锹也参加了那次导沂工程，为此他又新打了一把大锹。他在表决心的时候，声音洪亮地说了两句“毛诗”：“数风流人物，还看今朝！我们治淮民工都是风流人物！”现存王大锹唯一的照片，就是1963年他一手扛着大锹一手拿着《毛主席诗词》时拍摄的。

这确实是一个不得不运用“毛诗”表达激情的时代。这个时代确实就是“天翻地覆慨而慷”，确实就是“风展红旗如画”，确实就是“唤起工农千百万”。工地到处都响彻着“钟山风雨起苍黄，百万雄师过大江”“红军不怕远征难，万水千山只等闲”等“毛诗”名句。民工们就是朗诵着“毛诗”，激情万丈地投入治淮的劳动，这时的“毛诗”简直成了治淮的劳动号子。

四

“毛诗”是毛泽东的艺术杰作，治淮是毛泽东的治国杰作。“毛诗”的品格和治淮大战的品格，全都表现了毛泽东的性格，全都跳着激情万丈的节奏。

当然，这个时代又是一个让新中国经历一场严峻考验的时代。新中国成立后的第二年，淮河流域持续降雨一个月，年久失修的淮河中上游堤防多处溃决，地势低洼的中下游地区成为一片泽国。当时的皖北人民行政公署上报的灾情报告称：“由于水势凶猛，来不及逃走，或攀登树上失足坠水而死，有的在树上被毒蛇咬死，或船小浪大翻船而死者，统计四百八十九人。受灾人员共九百九十余万，约占皖北人口之半。洪水东流下游，灾情尚在扩大，且秋汛期尚长，今后水灾威胁仍极严重。”

毛泽东看完报告后呼呼地扇着蒲扇，眼睛望着窗外，不愿再读第二遍，任凭左手夹着的香烟燃烧。良久，他在“被毒蛇咬死”和“统计四百八十九人”两句话下颤抖着重重地画了两条横线。这时，他突然吼了起来：“不解救人民，还叫什么共产党！”说完他的泪水便簌簌往下落，然后扔掉烟头在灾情报告上批示：“除目前防救外，须考虑根治办法，现在开始准备，秋起即组织大规模导淮工程，期以一年完成导淮，免去明年水患。”他写好后叫秘书田家英立即送交周恩来，田家英接过批示时看到毛泽东的两眼饱含着泪花。这就是1950年7月20日毛泽东的第一次批示。

1950年8月5日，毛泽东在一份有关淮河治水的电报上又批示：“请令水利部限日做出导淮计划，送我一阅。此计划八月份务必做好，由政务院通过，秋初即开始动工。”这是毛泽东对治理淮河的第二次批示。

1950年8月31日，毛泽东第三次批示：“导淮必须苏、皖、豫三省同时动手，三省党委工作计划，均须以此为中心，并早日告诉他们。”

1950年9月21日，毛泽东第四次批示：“现已九月底，治淮开工期不宜久延，请督促早日勘测，早日做好计划，早日开工。”他在这个批示上一连用了三个早字。

在新中国刚刚成立，内外交困、百废待举的形势下，毛泽东两个月四次就淮河治理进行批示，指示之细微，安排之急迫，可见其心情迫切之程度。

1951年5月，毛主席在报纸上看到一张淮河发水、农民受灾的照片，照片上洪水滔滔，一片汪洋。一位衣不蔽体的姑娘为求生爬到一棵小树上。小树快要被洪水冲倒，而脚下还有一条贪婪的毒蛇正往树上爬。望着脚下洪水和毒蛇的小姑娘一脸面对死亡的恐惧。这张照片给毛泽东的情感冲击很大，他沉思良久，最后提笔为治淮作了专门的题词：一定要把淮河修好。

从这四次批示和一次题词中，我们可以看出毛泽东“多少事，从来急；天地转，光阴迫。一万年太久，只争朝夕”的办事风格，可以看出毛泽东“不管风吹雨打，胜似闲庭信步”指挥若定的气魄，可以看出毛泽东“指点江山，激扬文字”的伟人风范，也可以看出毛泽东“不到长城非好汉”的治淮决心。正是在毛泽东的通盘指挥下，大规模的治理淮河战役终于在千里淮河沿线打响了。

治淮战场，红旗招展，车水马龙，人山人海。一个处于兴奋期的民族的激情，在千里淮河四处激荡起来，营造出“四海翻腾云水怒，五洲震荡风雷激” 和“喜看稻菽千重浪，遍地英雄下夕烟”的诗境。其实，这些“毛诗”的意境恰恰就是那个激情燃烧时代的一种情景再现。

诚然，这种激情后来也会慢慢地消减，但正是因为当年毛泽东如此豪情万丈地指挥了建国初期的首期治淮战役，才为后来的治淮奠定了良好的基础，才使得六十五年来的治淮事业一步一步推向纵深：1950年到1958年期间，新中国第一次大规模治淮高潮中修建了佛子岭、南湾等一大批上游山区水库，整治和修建淮河中游河道堤防，兴建三河闸、苏北灌溉总渠等下游入江入海工程，实施沂沭泗地区“导沭整沂、导沂整沭”工程；1958年到1977年，兴建了淠史杭等大型灌区，建成江都水利枢纽，建设了昭平台等一批大型水库和战略性骨干工程；1977年到1991年，实施了淮河干流上中游河道整治及堤防加固，以及淮河清障、水土保持等工程；1991年以后，又实施了治淮十九项骨干工程，开工建设南水北调东线、中线工程等。

正是经过这六十多年长期不懈地治理，如今的淮河流域才基本建成了防洪、除涝和水资源综合利用体系，基本理顺了紊乱的水系，实现了淮河洪水入江畅流、归海有路，可以防御新中国成立以来发生的流域性最大洪水，从而使位于淮河下游的洪泽湖达到了百年一遇的防洪标准，才使九百年来淮河百姓根治淮河水患的梦想终于变成为现实。

2006年10月在苏北建成的淮河入海水道工程，全长一百六十三点五公里，西起洪泽湖二河闸，东至滨海县扁担港注入黄海，与1951年开挖的苏北灌溉总渠平行。

值得我们欣喜的是，这条入海水道的施工已不再像几十年前苏北灌溉总渠那样靠肩挑人扛了，工程全部实现了机械化施工，四千台大型挖土设备同时作业，一百多公里长的战线上，机器轰鸣，红旗招展，却不见几个人影，那种人海大战早已变成了历史的记忆，我们是不是可以将此称之为激情年代的续篇？

移来一座锦绣江南

一

淮安位于洪泽湖的北岸，是一座漂浮在水上的城市。

你站在钵池山脚下宽阔广袤的大口子湖边，就会深深地感受到这一点。在这里放眼望去，满眼都是恣意汪洋的水，无边无际的湖水，碧波荡漾，你能见到美丽妖艳的鱼，扭动着身躯在水中漫步。湖边的花红柳绿像是给这座大湖化了华丽的晚妆。无数座高层建筑环绕大口子湖，争先恐后地高耸入云，又争先恐后地倒映入湖。湖边花园和翔宇大道、水渡口大道景观绿岛连成一片，奇花异草，争奇斗艳，便是大湖展现的千娇百媚了。淮安就这样风姿绰约地倒映在湖面上，成就了一幅苏北水城江南般的风景。

淮安是一座水做的城市，大运河、里运河、古淮河、盐河穿城而过，大口子湖、桃花垠、荷花汪、清宴湖、石塔湖、楚秀湖、勺湖、萧湖遍布城中。一座城市能拥有八座大湖、四大名河，你能说它不是漂浮在水上的城市吗?

淮安的一切都与水结下了不解之缘。淮安的地名都与水有关，四个区的名字全都带着三点水——淮阴、洪泽、清江浦、淮安，水连着水，河连着河；淮安人讲的是江淮官话，有三点水；唱的是淮戏，有三点水；吃的是淮扬菜，有三点水；好玩的去处是清江浦、钵池山、柳树湾、古河下，没有不带三点水的。沿着古淮河有古淮河文化生态景区、东方母爱公园、樱花园、黄河广场、荷花公园、桃花岛、西坝公园，全都是依河傍水的景区；沿里运河有清晏园、楚秀园、常盈桥、大闸口、文庙、慈云寺、清江浦、御码头、淮扬菜一条街，全都是淮味十足的水景。淮安就是这样把水上城市的风情万种演绎到了极致。

淮安姓淮，这座城市应该是属水的，因水而兴，因水而衰。从隋唐到北宋，因为大运河的通航，淮安迎来了历史上的第一次繁荣期。淮安被白居易誉为“淮水东南第一州”，经济总量在全国排名前四位。南宋初年，淮安由于黄河夺淮而迅速衰败，从此一蹶不振。淮安在明清两朝又因为治水、漕运、盐运，进入历史上的第二次繁荣期，与扬州、苏州、杭州并称为运河线上的“四大都市”。但是，清咸丰五年之后，黄河北徙，清政府裁撤了驻淮的南河总督，漕运也改由海运，津浦铁路的通车又使淮安交通枢纽的地位一朝丧失，再加上国民党“以水代兵”，人为地造成黄河再次夺淮，淮安从此一落千丈。一直到新中国根治了水患之后，淮安城才开始进入历史上的第三次繁荣期。因此说淮安姓淮，属水，确实有历史依据，也可以说淮安的水，是命运之水。

当然，淮安的水不像苏南那样温柔，也不像北方那样狂放，而是多了几分中和之美，多了几分南北兼容，多了几分刚柔并济。

站在高大巍峨的清江浦楼上，你会看到从南国飘来的婉约派的细雨和从北国刮来的豪放派的狂风，风雨汇合在一起让里运河变得一片迷蒙。你还会看到岸边的那排垂柳用它们湿漉漉的枝条，反复拂动着那座“南船北马舍舟登陆处”的石碑，使里运河水彰显出南北交汇的个性来。

这里曾经是全国的交通枢纽，南方从大运河乘船而来，到这里登陆上岸更换车马，再向北直达京城。但海运和铁路相继开通后，这里变得帆船冷落鞍马稀，只剩下眼前的这座五米长两米高的石碑。它向后人昭示着这里曾经的繁华，也提醒着后人，这条里运河就是中国南北交汇的见证。当然，也正是淮安独特的地理位置使其成为苏北陆运、水运、空运全方位的交通枢纽。

淮安本来就是一座坐落在中国南北分界线上的城市，在古淮河上的那座中国地理南北分界标就是佐证。那座地球造型的不锈钢巨型雕塑壮观地伫立在古淮河的水面上。人们从雕塑的中间往返，就可以从中国的北方一脚跨到中国的南方。当夜幕降临，雕塑上的每一根经纬都放射出五颜六色的光，一下子就将古淮河变得富丽堂皇起来。

淮安的水是南北交汇的水，是刚柔并济的水，是中庸包容的水。正是这样的水养育了淮安人的品格，养育出一代伟人周恩来。

二

扬州姓扬，是扬子江的扬。扬州的本性是江淮的婉约温情。

扬州位于大运河和长江交汇处、扬子江的北岸。扬州刮的是江淮的风，下的是江淮的雨，住的是江淮的园林，弹的是江淮的丝竹，品的是江淮的茶。虽然许多外乡人把扬州当作江南，许多扬州人也将扬州当作江南，但他们只是看到了扬州的外表，而扬州的骨子里却流着江淮的血。

站在瘦西湖的五亭桥上能深深地感受到，整个扬州城无处不流泻出江淮的风韵。一座湖就已经尽显出江淮美人般的瘦小曼妙了，一座桥更增添出江淮美人的精致温情。她的前世肯定是位风华绝代、温柔体贴的江淮女子，她专门为你建了五座亭阁为你遮风挡雨。试问，天下有哪座桥会像扬州这样温柔体贴？又有哪座桥会像扬州这样精美奇巧？

江淮的风温柔多情地吹拂着江北的花红柳绿，瘦西湖的岸边扭动起杨柳细腰，瘦西湖被渲染在一幅写意的山水画里。从乾隆御码头开始，沿着湖向西，走红园、绿杨村，经大虹桥、长堤春柳，至徐园、小金山、莲性寺，观白塔、凫庄、钓鱼台，登五亭桥，再向北至蜀岗平山堂、观音山，所有的美景组合成一幅江淮山水画长卷。从这幅国画长卷里，流泻出舒卷飘逸，流泻出窈窕妩媚，更流泻出江淮的风韵、江淮的柔情。

扬州是江淮的化身，江淮是扬州的品格。

扬州的市花银杏、芍药、琼花，全都盛开着江淮的芳香；扬州的市歌《茉莉花》，回荡着江淮的韵律；扬州人唱扬剧，既和苏州评弹一样委婉，又和淮剧一样凄惨；扬州人吃淮扬菜，更多了几分江淮风韵；扬州话说得抑扬顿挫；扬州的富春包子是那样玲珑剔透；扬州的“三把刀”是那样技艺精湛；扬州的慢生活“早上皮包水，晚上水包皮”，又是那样悠闲自得。

当然，扬州的园林更是堪称江淮园林的经典。有人说，扬州地处江淮，北有大气磅礴的皇家园林可借，南有苏州的江南私家园林可鉴，因此形成了金碧辉煌和精致小品相融的风格。但我觉得，江淮品格才是扬州园林的本质，江淮风韵才是扬州园林的特色。个园用石料堆叠而成春夏秋冬，用的是太湖石；何园的厅楼山亭，错落有致，蜿蜒逶迤，展现出江南的工艺；小盘谷的集中紧凑，以少胜多，更是体现出江淮精致的本质；还有逸圃、匏庐、珍园、蔚圃、西园、徐园、平园等一批扬州园林，表达的都是江淮建筑设计理念，从而使扬州园林成了扬州江淮品格的艺术代言。

扬州在春秋时期称“邗”，邗国为周代的古国之一，后被吴所灭，建吴都。可见扬州与江南吴文化的关系源远流长。周时称吴州，三国时魏国、吴国各置扬州，而吴国的治所设在建业（今南京），又可见历史上的扬州本来在江南。隋朝开皇九年，改吴州为扬州，但总管府仍设在丹阳。一直到唐高祖武德八年，才将扬州治所从丹阳移到江北。而扬州又地处长江中下游，历史上水患频繁。民谣“倒了高家堰，淮扬二府不见面”，说的就是洪泽湖高家堰大坝一旦倒决，淮安、扬州两府会变成一片汪洋。新中国成立后，地处淮河入江水道口的扬州承担起治理淮河的重任。经过多年的治理，淮河入江水道扬州段已经成为国家南水北调东线输水通道。因此，扬州是连接长江与淮河的纽带，江淮文化正是通过扬州向南北传播。

扬州城是一座江淮风格的城市，扬州城到处飘拂着江淮的风韵。阳春三月，烟雨迷蒙。在江淮的细雨笼罩中，文昌阁尽显优雅文静，琼花观清秀端丽，古街巷更为幽静恬适，细雨中古运河的夜色流光溢彩。走在烟雨氤氲的东关古街上，你会品味出扬州和江南周庄古镇、苏北窑湾古镇的不同了。街心湿漉漉的石板路，两旁街市湿漉漉的店铺旗幌，悠扬漫长而又湿漉漉的叫卖，还有花枝招展的扬州女子撑着湿漉漉的花布伞，全都是烟雨江淮的情调、烟雨江淮的婉约。

沐浴着温情的细雨，脚踏着石板路一直走到尽头，你会见到一座高大的“东关古渡”石牌坊静静地耸立在运河岸边，静静地立在一片雨雾之中，静静地耸立在一片江淮的风韵里。而运河岸边那座高大巍峨的东关古城楼更是风情万种，想必它伫立于此，一面是繁华的东关古街，一面是流金淌银的运河古道，早已历经人间风雨，早已阅尽江淮春色了。而在古城楼脚下，那条古运河正在烟雨的笼罩下默默地流淌。

其实，河里流淌的不只是水，还有文化。我到这时方才明白，因为有了这条大运河，扬州才与长江血脉相连，扬州才与淮河气息相通，扬州人才能具备江淮的品格。

三

位于洪泽湖东八十公里的盐城，人人都说它姓盐，我倒觉得它应该姓黄，黄海的黄；属海，黄海的海。因为盐城的盐只是盐城的表象，盐城的本质却是大海。当你走进位于亭湖区的盐渎公园，你就会深深地感受到这一点。盐城原本就是大海边生长出来的一片新大陆，盐城的海岸线是江苏沿海城市里最长的，盐城这座城市就是大海的儿子。

盐城只有面朝大海，才能春暖花开。

走进盐渎公园，登上山坡的凉亭，整个公园的美景便尽收眼底。你会发现从石门踩浪、喷泉剧场、海上泛舟、碧海迷园、曲水流觞、海边湿地等水景里，全都流泻出大海的情怀。在盐渎湖的四周、护园河的两岸盛开着的盐渎百花园、金粟园、海棠园，呈现出一阵阵海边的风韵。你来到喷泉池的围栏前，一道粗粗的水柱直射向湛蓝色天空，再从空中向四周洒落下来，你能感觉到一阵阵带着咸味的海风裹着水汽扑面吹来。喷泉的水珠连成一片美丽浪漫的雾，在春天温暖的阳光下反射出五颜六色的光，形成了一道流动的彩虹。这就是盐城特有的美景，特有的充满大海气息的风景。

盐城的每一处美景都呈现出“盐”的特色。在串场河北起新洋港、南至潜龙湖这一段上行走，你会看到盐渎公园里的盐民雕塑、水城里的盐商园林、中国海盐博物馆里的历史陈列、七海广场的煮盐景点，没有一处不是盐的景致，没有一处不是盐的味道。而这条串场河就是南北运盐的人工河道，古时就称之为运盐河。盐成了盐城的历史，盐成了盐城的名片，盐也成了盐城的自豪。

确实，盐城的沿海滩涂占江苏省的67%，海岸线占全省的56%。盐城至今已有两千一百多年的产盐历史。因此，盐文化被认为是盐城历史文化的精髓，甚至被认为是盐城这座城市的文化之根，中国海盐博物馆是盐晶造型的雕塑史建筑，馆内还收藏了不少海盐文物，展现了古代盐城人淋卤、煎盐、晒盐、运盐的生活场景，在这里盐成了盐城的图腾。

然而，我还是觉得，盐城的盐只是盐城的一个外表，只是盐城的一个象征，只是盐城的一个符号。因为先有大海后来才生长出盐城这片土地来，因为先有大海后来才生产出海盐来；更因为只有大海的大气与开放，才成就了盐城品格的内涵；只有大海的宽阔与开拓，才能成为盐城性格的特征。

大海才是盐城的本质，才是盐城的魂。

当然，盐城这座城市的特性，还不只是大海的品格。盐城的大多数人口是历朝江南移民的后裔，因而盐城人的骨髓深处，还流淌着江南文化的血。所以，我们从水街的字里就能读出了海盐文化与江南文化的水乳交融。

水街紧邻那条曾经运盐的串场河，位于东进路和世纪大道之间，是海盐历史文化风貌区的主景区。在串场河边的环形码头乘一条乌篷船，经水路入口，穿过横跨水街景区最南端的水城门就进入了水街。或许有人不相信这是在苏北，这里简直就是锦绣江南，可当你看到整个水街两岸的亭台楼阁和飞檐翘角，到处高悬着盐城的字样时，你就不得不相信这里确实是盐城了。乌篷船缓缓经过漂舟戏苑、老周茶社、翰墨阁、水云阁，你便是在江南般的水乡里行走，你便是在江南般的美景中徜徉。

乌篷船最后到达位于水街北端的盐商大宅，这里更像是一座苏州园林。这座大宅门占地面积约两万平方米，共有三进，是整个水街景区占地面积最大的一组江南式建筑。在这里你可以买到特色小吃、旅游工艺品、土特产和文房四宝，还可以看到龙舞、狮舞、百人腰鼓、威风锣鼓、踩街、淮剧、杂技、魔术的表演。在这曲折的河道上，游走在古建筑之间，你肯定会领略出一番江南文化的风韵。这时，夕阳西下，一曲古筝在水面上悠悠扬扬地飘荡着，让你遐想那必定是位南国美人的纤纤玉手在拨弄琴弦，让你不得不遐想在月上高楼时与美人共舞，又让你不得不想起白居易的《忆江南》，你又怎能不忆江南？

其实，海洋文化与江南文化的融合才是盐城这座城市的特质。这种融合使盐城具有如此胸襟和气魄，使它能够建设一座锦绣江淮，也能移来一座锦绣江南。

四

宿迁是一座水景城市，水是宿迁悲惨的历史，也是宿迁壮美的现实。

那一天，大运河宿迁段的水景被渲染成满目的葱翠，我便是披着一身的葱翠漫步而去。无数只白色的水鸟在葱翠的水景里放飞，一群高大雄伟的乔木变成了水景里的豪放诗人在摇头晃脑地吟诵。我推想乔木肯定是和水鸟在一唱一和，它们是在歌唱这条大运河的新生，是在歌唱这座城市的新生。整个水景公园的吊桥、廊桥、曲桥、栈桥，全都像是在为这首豪放的城市之歌作实物注解，整个水景公园的凝翠阁、邀月亭、伊人亭、叠水池、观景台，全都在默默地展现着城市的豪迈风格。大气磅礴的水景公园的灵魂是大运河之水，两侧的池塘被大运河水连接沟通起来，气宇轩昂的亭台楼阁在水中相望，风姿绰约的假山岛屿在水中相连。夜晚华灯初上，气势宏伟的水景世界便呈现出一片五彩斑斓、富丽堂皇的水之美了。

我觉得地处洪泽湖西北七十公里的宿迁，其城市品质不仅是这样豪放，而且还异常悲壮。白酒之乡就是沉浸在豪放与悲壮的自我陶醉中，淮海戏就是这种豪放与悲壮的艺术发泄，意杨树就是这种豪放与悲壮的雄壮展示。我认为宿迁这个名字本身就是悲壮的，还觉得宿迁不姓宿，而姓运、姓淮，因为就是大运河和淮河影响了宿迁豪放与悲壮的城市品质的形成。宿迁这种品质使这座城市变得充满枯木逢春和凤凰涅槃般的新生气息。走在大运河水景公园里的那座曲桥上，望着那片渗透着宿迁这座城市品质的水上景色，我深深地体会到了这一点。

其实，宿迁的这种城市品质不仅仅表现在大运河水景公园上，而且在这座城市的大街小巷都能够读到。宿迁的每一处建筑都表现出豪放大气的风度；宿迁的每一处历史遗迹都能表现出悲壮感人的气息。洪泽湖路的宽阔壮丽，千鸟园的宏大格局，骆马湖畔高耸着长三角最高的摩天轮，五星标准的威尼斯大酒店，罗曼园无边无垠的银色沙滩，高大雄伟的宿迁运河体育中心，全国领先的嬉戏谷动漫王国，都在为我们展现着这座城市的豪放大气。

“大河迤北注，宿桃清沭淮。岁久或淤滞，暴涨屡致殆”一首诗写出了宿迁纵横交错的水网壮美，更写出了水患给宿迁带来的悲壮之感。宿迁曾经是一座悲壮之城，这座城市曾经有过许多名字，先后被称为犹县、宿豫、秉义、下相、南徐州、东徐州、东楚州、安州、泗州等。曾经使用过如此之多名称的地方，在中华大地上堪称绝无仅有。这些地名包含着宿迁令人叹息的历史，黄河每次改道南下，宿迁都首当其冲的遭殃，县城多次被毁。因为频繁地在一宿之间迁移，“宿迁”最后居然成为这座城市的名字。正是这样的历史造成了宿迁基础薄弱、资源匮乏、发展滞后。

了解到这段历史之后，你肯定会感受到这座城市的悲壮品质了。宿迁就是因为有了这样的品质，才不得不背水一战，不得不绝地反击，不得不在一穷二白的土地上重建家园。因此，宿迁付出的代价要比其他城市更多、更大、更悲壮。

我行走在骆马湖公园的花红柳绿之间，看到一组美丽的水上风景：湖滨新区一片拔地而起的高楼，一片郁郁葱葱、茂密参天的森林，一片广袤开阔、金光闪闪的沙滩，一片一望无际、波光粼粼的湖面。在这片水景里，那首甜美的《清清的骆马湖》从远处向我飘来：“清清的骆马湖啊，一望无穷，站在那湖岸上，从西望不到东……”这时，如血的晚霞大气磅礴地展现在宿迁的城市上空，在深蓝色天幕上流动成一条金黄色的天河，骆马湖的万顷波澜也被映衬得金碧辉煌，湖心的绿岛、湖上的曲桥、湖面的帆船、湖岸林立的高楼，全都变成了剪影，无数晚归的水鸟便在这幅剪影里放飞，在那乐曲声里放飞。面对此情此景，我没喝“三沟一河”就已经醉倒了。

我陶醉在宿迁这种豪放与悲壮并存的城市品质里。

别枝头，随风在峡谷之间飞舞起来。整个峡谷群到处都是飘扬着的红叶，漫山遍野，无边无际，像是下了一场红叶雪。离别枝头的红叶在山谷的四周上下飘飞，在青褐色的岩石衬托之下彰显出它们生命的光彩。

⑥无数片红叶伴着秋风的节奏，在峡谷之间的千米高空，上下飞舞着，左右翻转着，前后飘飞着，高低起伏着，快慢盘旋着，飘飘洒洒，纷纷扬扬。这时，树上摇曳的，空中飞舞的，地上回旋的，全都是红叶的身影，太行奇峡群成了红叶的世界。

⑦这漫天飞舞的红叶上下翻腾的姿态，是那么轻盈，那么浪漫，我突然就觉得它们这时的心情压根儿就不是什么悲伤，而是那么欢畅，那么快乐。我想红叶们在天地之间飞翔时发出的哗哗声响，肯定是它们一路撒下的欢歌笑语。因为它们站在枝头时虽然拥有了生命，可它们与生俱来就没有自由，它们只能被牢牢地禁锢在枝条上，当它们脱落枝头之后，虽然没有了生命所必需的养分，可它们从此告别了禁锢，欢天喜地地飞向自己看过了千百遍却从未去过的宇宙天地，尽管它们只有片刻的欢愉，尽管它们很快就要死去。这时，我想起六十多年前太行山东麓狼牙山上的五位英雄那纵身一跳，他们义无反顾地从万丈悬崖跳落下去，就如同这红叶欢欣鼓舞地坠落枝头。眼前的红叶肯定就是英雄的魂，就是太行山的魂，否则英雄和红叶的品质为什么会如此相似？现在我才真正地理解为什么红叶至死还会如此艳丽夺目，原来它们是为了自由去作最后的冲刺。

（嘉兴市高一语文期末考试卷）

1. 文章首段，作者笔调凝重地描绘出“红叶”的最后华章，这样写有何作用？（3分）

2. 文章为何以“等待风起的日子”作标题？（3分）

3. 作者说红叶“蕴含着一种悲剧美学的生命意义”，又说红叶“那么欢畅、那么快乐”，两者是否矛盾？结合文章，谈谈你对此问题的看法。（4分）

（2）本段在语言运用上有什么特色？（3分）

2. 第④段史料记载中的故事用意是什么？采用了什么描写方法？（6分）

3. 第⑦段中的画线句有什么含义？（4分）

4. 文章以“蝴蝶雪”为题，有何作用？请具体分析。（6分）

参考答案

1.（1）①内容上：形象描绘了在洪水滔天之际，音乐家师旷吹奏长箫，成千上万白色蝴蝶翩跹起舞的场景，表现了在民族面临灭顶之灾时人们对大禹的膜拜和呼唤。②结构上：点题；引出下文对禹王台魅力的探寻。

（2）①句式：多用短句，富有节奏感。②修辞：使用了比喻修辞。

2.（1）用意：形象真实地表现了黄河水患给百姓带来的巨大灾难，承上启下。表明人们面对灾难时对大禹的呼唤、追怀。

（2）描写方法：①动作描写，通过“先……送”“再让……坐”“死命地抓”等表现出老陈渡河时缜密的安排及渡河的艰难。②神态描写，用“眼睁睁地”写出了老陈面对洪水的无奈。③心理描写，用“如被五雷劈顶一般”写出了当老陈发现两个女儿已被洪水淹没后的绝望。

3. 禹王台是一种象征，象征着危亡之际挺身而出、解除灾难的英雄人物，象征着人民企盼风调雨顺的美好愿望。

4.（1）“蝴蝶雪”是全文的叙述线索，开头写两千五百多年前在开封高台师旷奏箫时的蝴蝶雪，再写明朝嘉靖年间洪水过后禹王台出现的蝴蝶雪，最后以蝴蝶雪作结。

从1939年离开故乡高邮到1980年创作《受戒》的漫长四十一年里，汪曾祺的人生道路上几乎没有一件事是顺当的。他这四十年真是经历了人间的所有苦难。然而，我们在他的文学作品中却看不到类似这样遍体鳞伤的灵魂。他奉献给读者的反而总是如诗如梦的温情，用他自己的话来说是给“人间送小温”。一个倍受伤害的灵魂不但没有要求别人安慰，反而用他那温情如梦的文字去抚慰大众。

六十一岁那年，他终于踏上了阔别四十二年的故乡。在早已白发苍苍的继母住的一间破旧的偏房门前，已是花甲之年的他在门口见到为汪家吃尽了辛苦的耄耋娘亲时，哽咽着沙哑地喊了一声娘，流着泪水说儿子没有照顾好家，然后在台阶上长跪不起。

1997年4月初的一个深夜，已经身患绝症的汪曾祺在病榻上做了一个奇怪的梦，梦见了他的老师沈从文在阴间有三居室的纸房子。他从梦里醒来便联想起自己的那间只有七平方米的房间。这房间里面搁着一张小床，床前是一张小桌子。因为地方太小，到处堆放着书，杂乱得很，走路都得侧着身子。他的后半生就是蜗居于此，并在此创作出举世闻名的《受戒》。临终一梦，绝非凭空而来 。汪曾祺文学人生的第一梦是《受戒》，最后一梦是恩师。第一梦是庵赵庄的理想国，最后一梦只是三居室的纸房子。庵赵庄和三居室全都在汪曾祺的梦里，庵赵庄是梦里的梦想，三居室是梦里的现实。

1997年5月16日，汪曾祺带着他一生太多的愧疚，带着他一生太多的遗憾，也带着他一生的梦，见他的老师去了。他用这样坎坷的一生延续了老师沈从文在《边城》里为世人营造的梦境，沈从文的“边城之梦”因为有了汪曾祺而又有了续篇“受戒之梦”。我想这就是中国文化人的追求梦想而百折不回的传承精神吧。值得思考的是，几十年后的今天，还会有人带着《受戒》告别自己的故乡，也去追寻另一个充满悲剧色彩的梦想吗?

（湖北2015届高三语文月考试卷）

1. 本文的第一段有何作用?（2分）

风调雨顺的国民心理。

④据史料记载，明朝嘉靖年间，黄河又一次决堤成灾，河南一带方圆千里一片泽国。开封府兰考县北乡陈姓一家五口房屋被毁被迫外出逃难。陈大嫂挺着大肚子，两手搀着不到十岁的两个女儿。老陈挑着一副担子，一头是坐在大木桶里的只有三岁的小儿，另一头是全部的家当。他们一路乞讨向开封府而来。到了浊浪翻滚的汴河边，老陈先把两个女儿送过河去，再让三岁小儿和陈大嫂坐在木桶里，渡到河心时，一个恶浪打过来，木桶猛地一沉，老陈死命地抓住桶边，可已无济于事，眼睁睁地看着老婆孩子被洪水吞噬了。当老陈游到对岸去找两个女儿时，原先女儿站着的土丘早已被大水淹没了。老陈如被五雷劈顶一般跪倒在地。

⑤纷纷扬扬，遮天蔽日，犹如漫天大雪。这次大水过后，一些开封百姓惊奇地看到无数只白色的蝴蝶在高台的四周，多日缭绕，终不离去。许多人认为这是大禹显灵。所以这样一座具有明代风格的城楼式建筑禹王庙就在这高台之上修建起来了。

⑥几千年来，能够倾倒亿万百姓的、能够镇服华夏历史的，恐怕不是那场突如其来的、纷纷扬扬的蝴蝶雪，而是像禹王台这样的高庙、像大禹治水这样的神话。《山海经》言：“洪水滔天，鲧窃帝之息壤以堙洪水，不待帝命，帝令祝融杀鲧于羽郊。鲧复生禹，帝乃命禹卒布土以定九州。”相传在四千多年之前的尧舜时代，我国黄河流域连续发生特大洪水，整个民族处在空前灾难之中，大禹就是这样受命于危难。

⑦我们完全可以这样说，当年开封官民选择在这座高台之上修建禹庙，直接原因是他们看到了奇特如雪、铺天盖地的白蝴蝶，而根本原因则是他们对大禹虔诚的膜拜。这就是禹王台比中国其他任何一座古代建筑更能广泛地被亿万百姓所崇拜的根本原因所在了。如果说滕王阁和岳阳楼之类只是文人墨客寄情投怀的水榭歌台，那么禹王台就是整个中华民族生死存亡的祭坛了。

⑧ 纷纷扬扬，遮天蔽日，犹如漫天大雪。在这神秘奇特的蝴蝶雪里，大禹的灵魂好像还在四处奔波，师旷的箫乐至今还在余音缭绕。

（河南省 2017 届中考二模语文试卷）

1. 阅读第①段，回答下面两个问题。（6 分）

（1）结合全文看，本段有何作用？（3 分）

参考答案

1. 对全文的描写进行思想升华。全文在详细描写了红叶的外表之后，写出红叶之美不仅仅是它给人们带来的绚丽夺目，更重要的是红叶还象征了太行英雄之灵魂，写出了红叶的品质是在枯萎之际为了自由而作最后的冲刺。

2. 红叶随风起舞，红叶随风坠落，红叶也随风而逝，因此风在全文中起到了关键的作用。红叶至死也要迎风而去，更表现出红叶的品质。“等待风起的日子”正是全文的文眼所在。

3. 即将枯死的红叶正是因为它表现得那么欢畅、那么快乐，才更加具有悲剧的意味，二者看似矛盾，实为红叶悲壮性格的表现。

蝴　蝶　雪

吴光辉

①那是两千五百多年前在开封东南的高台上发生的何等凄美、何等悲壮的一幕呀。那是一个夏天的傍晚，晋国音乐家师旷孤独地跪坐在高台之巅，神色严峻地吹奏着祈祷禹王降临的长箫。而高台之下洪水滔天，浩浩荡荡，横无际涯。高台四周成千上万的白色蝴蝶在翩跹起舞。随着那如泣如诉、委婉幽咽的箫声，白色的蝴蝶愈聚愈多，纷纷扬扬，遮天蔽日，犹如漫天大雪。

②这是一场奇特悲壮而又凄美宏大的祭祀仪式。这可是洪荒时代一个民族面临灭顶之灾时对大禹膜拜的艺术表达呀！这也是这座高台后来变成禹王台并且千百年来香火不断的魅力所在。

③禹王台位于河南开封东南之隅，占地四百余亩。原为古梁园遗址，当时汉文帝之子梁孝王建都开封之后，在此大兴土木，建造了规模宏大、富丽堂皇的梁园。园内原有一座土台，高约数丈，风景幽雅，绿树成荫，因为春秋时期的师旷在此奏乐祈祷，故后人又称之为吹台。我想，这乐师的吹台和王侯的梁园，自然不能作为让华夏亿万百姓几千年不变、俯首膜拜的祭坛，能够使高台从梁园吹台变成百姓敬仰的禹庙，除了那场神奇壮美的蝴蝶雪之外，恐怕主要是因为祈求躲避洪灾、祈盼

2. 本文是围绕“做梦”展开的，请梳理文章思路。（5分）

参考答案

1. 衬托了汪曾祺的一生悲剧，起到了铺垫的作用。

2. 全文是按照汪曾祺人生的时间顺序展开的，而又以做梦作为全文的线索，将汪曾祺的一生主要节点串连起来。

（2）富有诗意，容易引起读者的兴趣。

（3）赞扬了大禹受命于危难，帮助人们解除水患的伟大功绩，表达了人们对大禹这类英雄的呼唤。

做梦的空间能有多大

吴光辉

那是1939年一个雾气重重的夏日清晨，露水好大，连小火轮的跳板都湿了。一个佣人将汪曾祺的行李在头等舱里安放妥当，轮船的第一声汽笛就拉响了。一群晨鸟被汽笛惊起，在运河满是浓雾的水面上不停地盘旋，并且发出凄哑的长鸣。它们穿行于湿漉漉的离愁。十九岁的汪曾祺这才省悟到自己真的要离开生他养他的故乡和双亲了，一种生离死别的预感像针刺似的突袭而来，他泪如泉涌、双膝落地，跪倒在小火轮的甲板上。

离开显然是为了寻觅，汪曾祺肯定是为了寻觅自己在《受戒》里描写的那个梦，才离开他的故乡高邮古城的。他的目的地自然不是明海去的荸荠庵，而是远在桂林的西南联大，去拜在那里执教的沈从文做老师。而这个文学之梦的起点依旧是《受戒》里的庵赵庄。他去年暑期去那里躲避战乱，就是在那里第一次读到了沈从文的小说，并深深埋下了沈从文情结。这时的汪曾祺肯定不会想到，他一生的悲剧从背井离乡外出寻梦的那一刻正式开始了。现在看来，汪曾祺肯定是用《受戒》里描写的那个梦为自己的苍凉一生去作陪衬，让自己的人生在这个美梦的衬托之下更显凄凉和哀痛。

梦的语言是文学，梦的意境是温情，梦的价值是寄托。我觉得汪曾祺的所有作品好像都有一种梦的意味，当然最具梦境意味的还是《受戒》。的确，《受戒》给我们描绘了一个美妙的梦，汪曾祺似乎将自己完全遗忘在这个温馨的梦境里，让自己的灵魂与这位名叫英子的女孩子将美梦演绎下去，让自己在虚构的世界里重温向往已久的温情，最后让灵魂与英子一起飞快地划起双桨，划进了到处是紫灰色芦穗、通红的蒲棒和盛开着野菱角小白花的芦苇荡深处。

等待风起的日子

吴光辉

①黄栌那鲜红如火的树叶是它生命的最后华章，此前它是黄色的青春，此后它是枯萎的凋零。它们明明知道自己的最终结局，也要充分展示一番自己的成熟之美，用自己最后的辉煌去迎接死亡，红叶的最后年华犹如天鹅之死。

②迈上太行奇峡群的山门，就一脚跨进了秋天，一脚跨进了由红叶渲染而成的版画之中。那生长在悬崖峭壁上的一大片一大片艳丽夺目的红叶，就是巍峨太行胸前的装饰，就是铁血太行内心的柔情，更是八百里太行飘逸不散的魂。

③早晨站在山脚遥望，那一大片一大片的红叶就像给这直插云霄的太行峡谷群，用写意的手法点缀的朱砂；而中午登上双驼峰扶着栅栏朝下俯视，透过缭绕在群山之间的白云，那一大片一大片的红叶却又像一缕缕红霞。当我走近它们，看到它们从峡谷的石缝之间顽强执着地攀岩而起，居然全都生长得树干粗壮、枝丫纵横、蓬勃茂盛。它们每一根枝条都延伸出无数只椭圆形红叶，每一片红叶都迎着轻柔的山风摇摆出它们生命的最后热情，又哗哗作响地留下了无数个细言碎语。那是它们在与树干作最后的生死诀别。

④黄栌是一种落叶灌木，最高能长至七八米，树冠呈圆形，到了秋天长出了满身的红叶，就像是一个巨大的红色华盖。这种树耐得住干旱、寒冷和瘠薄土壤，所以它能在太行山生长。它春季开出黄绿色的小花，生出淡紫色羽毛一般的花梗，远远地望去犹如万缕罗纱缭绕，故而又有了“烟树”之美称，到了夏天果核便会缀满枝头。毫无疑问，黄栌的一生最引人注目的还是秋天的红叶。因此，黄栌树又被称为红叶树。它在太行奇峡群里比比皆是，断崖绝壁，万丈深渊，坡坡岭岭，沟沟壑壑，如火如荼，如血如丹。它们红遍了情人峰，红遍了赤叶溪，红遍了龙首崖，红遍了流水峡，红遍了神鹰岩。它们在幽静的山谷中坦然地迎接着风起的日子。

⑤于我看来，在红叶们浓妆艳抹的浪漫和凄美之中，蕴含着一种悲剧美学的生命意义。我登太行是深秋季节，早已万山红遍，落叶缤纷，正是红叶蔚为壮观的时候。已经变冷的寒风在太行峡谷之间徘徊，我想这一阵阵轻风肯定是来给美丽的红叶报信的，风让美女一般的红叶站在她们生命的枝头在弥留之际作最后的诀别。接着一阵又一阵呼啸的山风，拉开了架势发出尖叫从山外狂奔而来，无数片红叶便纷纷告